す。あらすじやプロットをきっちりと作って、そのとおりに進めていくことでうまく書ける作家もいれば、プロットを作ってもいつも途中から思ってもいなかった全然違う話になってしまうという作家もいます。

必要なのは、たくさん書くことです。いろいろ書いて必ず完結させるということを積み重ねていけば、そのうち自分の一番やりやすい書き方がわかってきます。

なにより重要なのは、読者を楽しませようという情熱ではないかとぼくは思います。どう書けば読んだ人を笑わせられるか、感動させられるかと常に考えながら書くことで、おもしろい作品を生み出すための技術が身についてくるような気がします。ぼくもまだいろいろ試行錯誤の途中です。

最初からいきなり名作が書ける人はいません。し[illegible]書いてもめちゃくちゃなものにしかならないかもしれません。でもそれらの[illegible]こかおもしろいところは確実にあります。めちゃくちゃだからこそおもしろい[illegible]。そして書けば書くほどうまく書けるようになります。それは保証します。

マンガにもハリウッド映画にも豪華客船での世[illegible]負けないおもしろさを「文章だけで」創り出せるのが小説です。なんでもいい[illegible]どんどん書いてみましょう。自分の書いた作品を読んだ人が、泣いたり笑ったりす[illegible]すごく楽しいことですよ。

田中哲弥

この本の使い方

イラスト・図版

本文の内容を理解しやすくなるように図版化、イラスト化しています。

本文

小説を書く上で知っておいた方がよい基本的なポイントを解説しています。イラストや図版と一緒に見るとさらに理解しやすくなります。

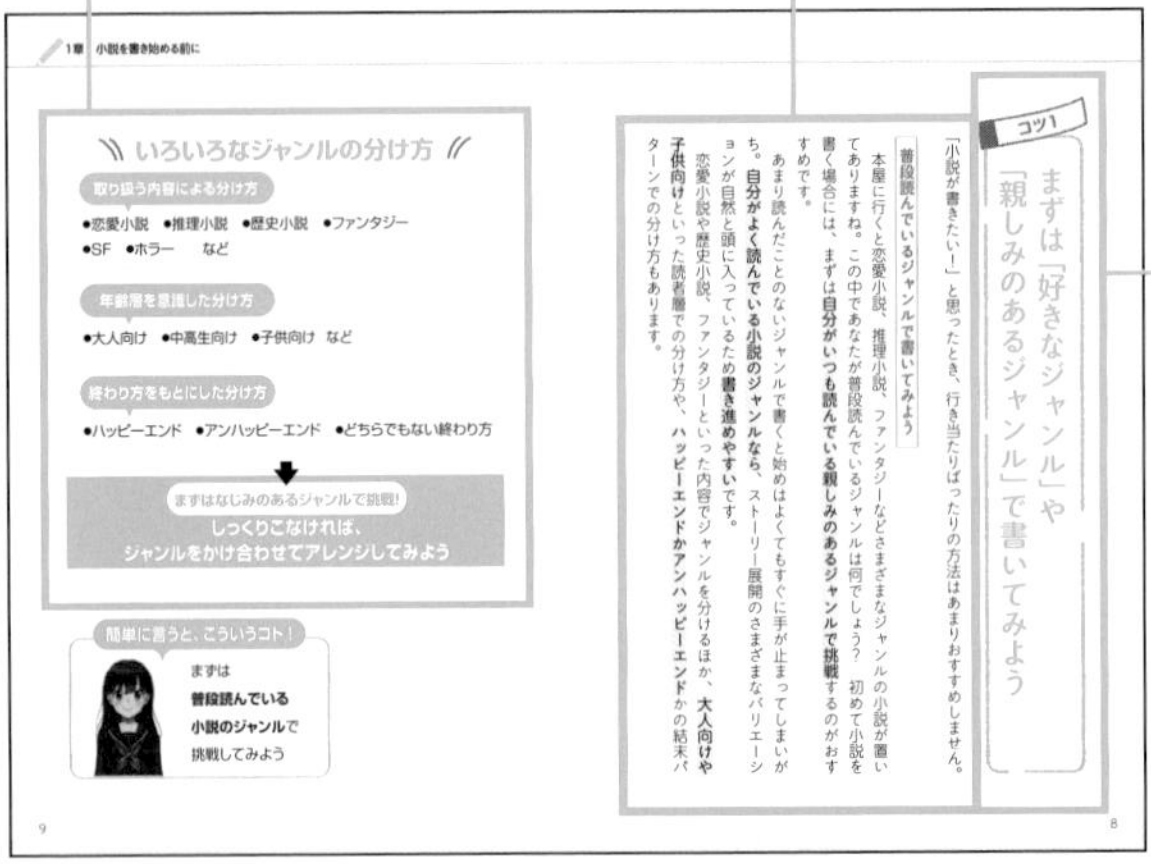

コツ

本書は中高生のみなさんに向けて、小説の書き方をコツというかたちで解説しています。コツを順番に読んでいくことで小説の書き方がなんとなく分かってくると思います。まずはざっと全体を読んで小説の書き方の基本をつかんでみてください。

※本書に掲載されている情報は2024年4月のものです。情報は変更される場合もありますので、ご注意ください。

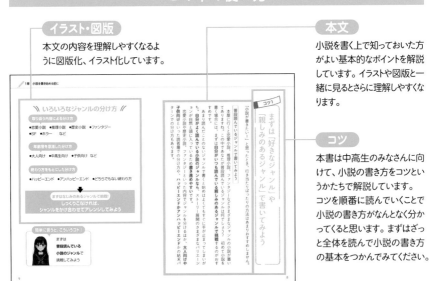

1章

小説を書き始める前に

コツ1

まずは「好きなジャンル」や「親しみのあるジャンル」で書いてみよう

「小説が書きたい！」と思ったとき、行き当たりばったりの方法はあまりおすすめしません。

普段読んでいるジャンルで書いてみよう

本屋に行くと恋愛小説、推理小説、ファンタジーなどさまざまなジャンルの小説が置いてありますね。この中であなたが普段読んでいるジャンルは何でしょう？　初めて小説を書く場合には、まずは**自分がいつも読んでいる親しみのあるジャンルで挑戦**するのがおすすめです。

あまり読んだことのないジャンルで書くと始めはよくてもすぐに手が止まってしまいがち。**自分がよく読んでいる小説のジャンルなら**、ストーリー展開のさまざまなバリエーションが自然と頭に入っているため**書き進めやすい**です。

恋愛小説や歴史小説、ファンタジーといった内容でジャンルを分けるほか、**大人向けや子供向け**といった読者層での分け方や、**ハッピーエンドかアンハッピーエンド**かの結末パターンでの分け方もあります。

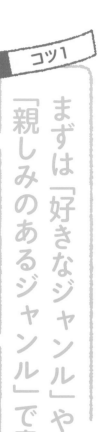

いろいろなジャンルの分け方

取り扱う内容による分け方

●恋愛小説　●推理小説　●歴史小説　●ファンタジー
●SF　●ホラー　　など

年齢層を意識した分け方

●大人向け　●中高生向け　●子供向け　など

終わり方をもとにした分け方

●ハッピーエンド　●アンハッピーエンド　●どちらでもない終わり方

↓

まずはなじみのあるジャンルで挑戦!

しっくりこなければ、
ジャンルをかけ合わせてアレンジしてみよう

簡単に言うと、こういうコト!

まずは
普段読んでいる
小説のジャンルで
挑戦してみよう

コツ2

訴えたいのはどんなこと？小説の「テーマ」を決めよう

テーマとは、つまり「**あなたが作品を通して伝えたいこと**」。なぜ書くのか、あなたが小説を書く意味にもつながる重要な部分です。

迷ったら、どんな気持ちになってほしいのかを考えてみる

テーマがなかなか思い浮かばないときには、あなたの作品を読んで**読者にどんな気持ちになってもらいたいのか**を考えてみてください。感動してほしいのか、笑ってほしいのか、スリルを楽しんでほしいのか、そこから発想を広げれば、ぼんやりとしたテーマが見えてくるはずです。

おおまかなテーマが決まったら、今度はそれを掘り下げてみましょう。例えば「仲間の大切さ」を訴えたいなら、そこから「スポーツを通して互いに成長しあい、仲間の大切さに気づく」など**テーマをより具体的に設定**することができます。

テーマをしっかり定めないと、ストーリーの軸がずれてしまう

テーマが**あやふやなまま書き始めると、**「部活を通して人間的に成長する女の子の物語」のつもりが、気づけば「男女間で友情を育む難しさ」ばかりを訴える話になっていた……というように**物語の軸がぶれて**しまいます。そんななかで物語をうまく結末に導くのは至難の業と言えるでしょう。

「テーマ」の決め方

❶ 読者にどんな気持ちになってほしいのか、想像してみよう

●感動してほしい?　●笑ってほしい?

●スリルを楽しんでほしい?

↓

❷ 発想を広げて大まかなテーマを決めよう

例）●仲間の大切さ

●異世界でのワクワク冒険譚

↓

❸ さらにテーマを深掘りしよう

例）● **仲間の大切さ**

→スポーツを通して互いに成長しあい、仲間の大切さに気づく

● **異世界でのワクワク冒険譚**

→異世界に転生した主人公が勇者となりさまざまな魔物と戦いながら旅をする

簡単に言うと、こういうコト！

テーマとは

読者に**伝えたい**

ことね

コツ3

ネタを見つけるために常にアンテナを張っておこう

ネタは**「磨く前の物語の原石」**と言えます。小説のテーマにぴったりはまるネタを探しましょう。

リアリティを出すなら実体験

ネタとは舞台設定のようなもの。同じテーマを扱っていても、どのようなネタで表現するかで読み手が受ける印象はもちろん書き手の書きやすさも変わってきます。

まずは、あなたの実体験や身近に見聞きしたことをネタにするのが、書きやすくイメージも広げやすいでしょう。また映画、ドラマ、マンガなどを通して疑似体験したこともりっぱなネタになります。それ以外にSNSにも注目を。**SNSはリアリティのあるネタの宝庫**です。ただし、**そのまま使うと「パクリ」**になってしまうので、注意しましょう。ポイントだけ参考にするなどがおすすめです。

ネタを探すにはマメなことが一番。町を歩いていて、スマホやテレビを見ていて、**使えそうなネタが浮かんだら**すぐに**スマホのメモ機能でメモ**をするようにしましょう。紙とペンを使ってイラストで舞台設定をメモにするのもアリです。興味のない映画やドラマでも思いがけないネタがそこに転がっていることもあるので、何でも幅広く「ひとまず見てみよう」という気持ちが大切です。**広くアンテナを張る**ことが、ネタに直結します。

ネタはどんなところに転がっている？

- 実体験
- 友達や家族など身近な人が体験したこと
- 映画、ドラマ、小説、マンガ
- SNS　　　　　　　　　　など

ネタ集めのために準備しておきたいもの

- スマホ（文章や写真で記録）
- 紙と鉛筆（文章やイラストで記録）

ノート1冊を「ネタ帳」として使えば、いろんなネタをストックしておけるのでおすすめ

簡単に言うと、こういうコト！

ネタは準備した者に降りてくる !!

コツ4

まずはストーリーの王道を頭に入れよう

人気小説によくみられる共通のストーリー展開は、**主人公がはじめに不幸・災難に見舞われ、その後にそれを乗り越えていく**というもの。これはいわばストーリーの王道と言えます。主人公の心の動きや葛藤、そしてどのように置かれた境遇を乗り越えるかを描き、**読者を物語に引き込む**のです。あなたがこれまで読んだ小説を思い浮かべてみても、この流れに当てはまるものが多いと思います。もちろん必ずこの通りにしなければならないと言うわけではないですが、**王道パターン**を押さえておくことは初心者にとって大切なことなので、ぜひ頭に入れておきましょう。

王道パターンにおける主人公の心の動きをさらに詳しく見てみよう

左のグラフは**主人公の感情の動きをあらわしたもの**で、「**感情曲線**」または「**シンデレラ曲線**」と呼ばれるものです。その名の通りシンデレラの物語に当てはめて説明されることが多く、①は継母や姉にいじめられる場面、②は魔法使いの助けを借り舞踏会に出かける場面、③は約束の時間がきて王子と別れる場面、④は再び王子と結ばれる場面をあらわします。このようなパターンを参考に発想を膨らませ、物語をつくってみましょう。

感情曲線（シンデレラ曲線）

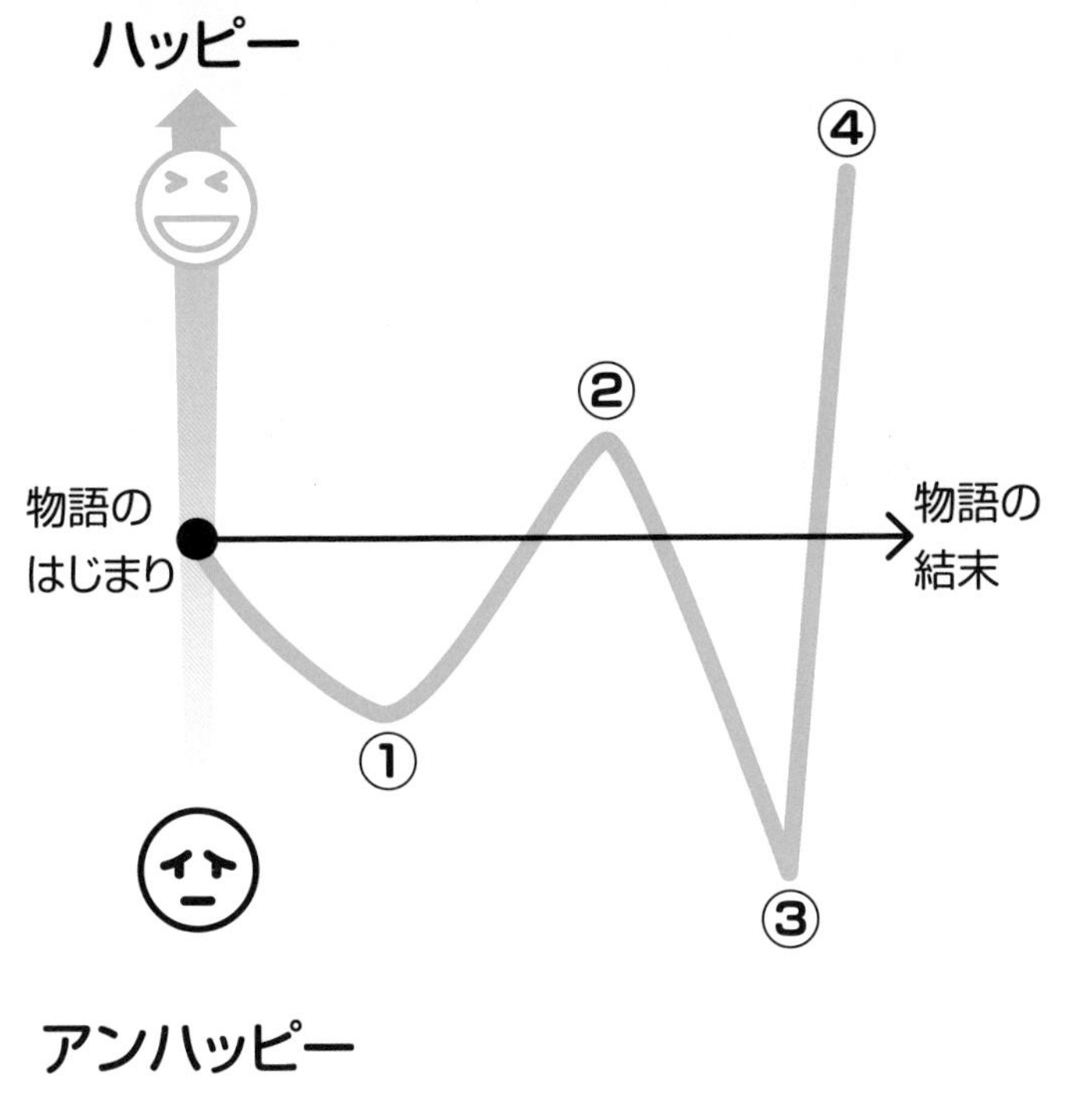
ハッピー
④
②
物語の
はじまり
物語の
結末
①
③
アンハッピー

簡単に言うと、こういうコト！

みんながハマる
王道パターンを
参考にしてみて！

コツ5

「起承転結」はストーリーづくりの基本中の基本

読者を魅了する物語をつくるために昔からよく使われている構成の型が、「起承転結」です。この起承転結を利用してストーリー展開を考えることで、**自然と盛り上がりのある物語**をつくり上げることができます。

起 **物語の始まりの部分**です。ここでは**小説の設定や世界観を**できるだけさりげなく説明しましょう。あまり説明臭くなると読者が離れてしまうので気をつけてください。

承 **序盤から中盤にかけての部分。**冒頭での設定を受けて、いくつかのエピソードを盛り込みます。ここでは**登場人物に愛着を持ってもらえるような描写**を心がけましょう。起承転結でもっとも長い部分なので、中だるみしないような工夫も必要です。

転 **物語のクライマックス。**核となる部分です。**あっと驚く予想外の展開**で読者をストーリーに引き込み、夢中にさせましょう。

結

物語を閉じる、結びの部分。ここの描き方で読後感が変わってくるため、気をつかう部分でもあります。感動させたいのか、安心させたいのか、はたまた余韻を感じさせたいのか、**どんな気分にさせたいのかを意識**し長くなり過ぎずにしめくくりましょう。

起	物語の始まり	設定や世界観をさりげなく説明
承	序盤から中盤	エピソードを通じて登場人物に愛着を持たせよう
転	クライマックス	あっと驚く展開で読者を引き込む
結	物語の結び	物語を閉じる読後感を決める大切な部分

起承転結は基本のキ。
ちゃんとつくってから書き始めよう！

簡単に言うと、こういうコト！

起承転結を使えば
盛り上がりのある
ストーリーができるよ

コツ6

物語の中だるみを防ぐには「連続転構成」が有効

読者の心を掴んで離さない魅力的なストーリーに仕上げるには、いったいどうしたらよいのでしょうか？　ここではそのためのテクニック「**連続転構成**」について紹介します。

連続転構成は読者に飽きさせないための工夫

連続転構成とは、起承転結の「**転**」**が何回かある構成**を指します。つまり物語のなかで**クライマックスとなる部分が何度か訪れる**ということ。

連続転構成のメリットには、物語に深みが生まれることや、中盤の中だるみを防げることなどが挙げられます。起承転結のうち一番長い部分である「承」では、いかに読者を飽きさせないかが課題です。一つ目のクライマックスを早めに設定し、さらに展開させることで**中だるみを防ぎ読者の飽きを阻止**することが可能です。

「転」に至るまでの道のりにも小さな盛り上がりを

物語を書き始めたら、多くの初心者が「早く次の場面へ進めなきゃ」と考えます。しかし、**場面同士を最短距離でつなげるだけでは不十分。**まるで羅列しているかのような印象を与え、盛り上がりに欠ける展開となってしまいます。読者の関心を途切れさせないためには**物語を膨らませていくつか山場をつくり、**読者を魅了するストーリーにしましょう。

●連続転構成とは?

起承転結における「転」（物語のクライマックス）を連続して設けることで、読者の**関心を途切れさせない**ようにするテクニック

↓

メリット

❶「承」から「転」にかけての中だるみを防ぐ
❷ストーリーに深みを持たせる

簡単に言うと、こういうコト！

連続転構成で
飽きの来ない展開が
可能に！

コツ7

流れに変化をつくり、物語に深みを持たせる「サイドストーリー」

一見ストーリーとは関係なさそうな事柄が、メインストーリーと並行して語られることがあり、「**サイドストーリー**」と呼ばれます。特に長編小説で用いられることが多く、これがあることで読者は**視点を変えながら新鮮な気持ちで読み進める**ことができます。

サイドストーリーを入れることで物語に奥行が生まれる

サイドストーリーは、メインストーリーとは違う例えば**小さいころの主人公の目線**で回想シーンが描かれたり、**サブキャラだったAさんの目線**で物語が進行したりするものです。推理小説では犯人側と警察側の目線が定期的に入れ替わり、それぞれのストーリーを展開するという展開もあります。

これまで主人公とともに一喜一憂していた読者がサブキャラの心の動きに触れたり、語られなかった過去が明かされることで、**主人公により感情移入できたりする**のが、サイドストーリーをつくることの大きなメリットです。

サイドストーリーを入れると、必ず小説が魅力的になるのかと言えばそれは違います。

例えば**短編小説の場合は入れない方がすっきり**してテーマが際立ちます。またサイドストーリーの比重が多過ぎると、どちらがメインかわからなくなり読者が混乱します。自分の小説にサイドストーリーが必要なのかを検討し、取り入れる際には話がふくらみ過ぎないように注意しましょう。

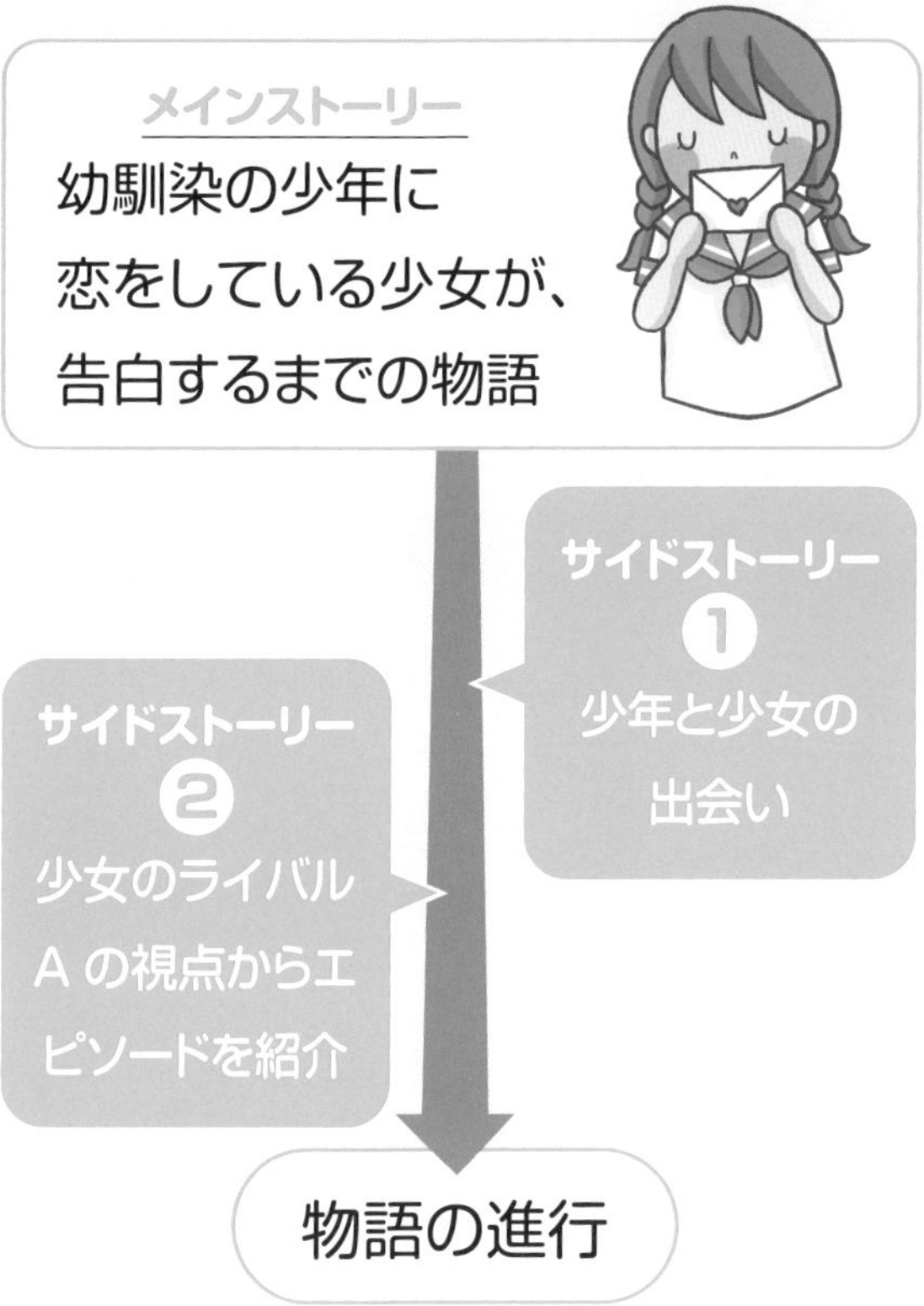

メインストーリー
幼馴染の少年に恋をしている少女が、告白するまでの物語
サイドストーリー①
少年と少女の出会い
サイドストーリー②
少女のライバルAの視点からエピソードを紹介
物語の進行

簡単に言うと、こういうコト！

サイドストーリーで奥行きのある物語をつくろう！

コツ8

ストーリー性を高めよう！おもしろい小説にするための必須条件

「おもしろい小説」とは、**「続きが気になって仕方がない小説」**と言い換えることができるでしょう。ページをめくる手が止まらない、徹夜してでも続きを読みたい。そんな小説にあなたも出会ったことがあるはず。ここでは、**「ストーリー性」**にスポットを当てて、読者を惹きつける物語のつくり方を解説します。

読者が気になるようなちょっとした違和感をあえてつくる

ついつい続きを読みたくなるストーリーにするためには、**読者が気になるような引っかかり**をあえてつくりながら書き進めるとよいでしょう。例えば主人公が今までとは違う行動を見せたり意外な言葉を投げかけたりすると、読者は違和感を覚え**「どうしてだろう？理由を知りたい」**と考えます。それが読み進める原動力となるのです。

山あり谷ありでストーリーの起伏がある展開に

やはり平坦であるよりは山あり谷ありの**起伏がある物語**の方が読者の心を惹きつけます。

危険な山、高い山、起伏に富んだ山を次々と用意しましょう。状況がひっくり返ってしまうような**どんでん返し**を設けるのもいいですね。「**いったいどうなってしまうの⁉**」と読者をハラハラドキドキさせるのが肝心です。

続きが気になるストーリーにするには?

テクニック ❶

読者が気になるような**引っかかり**を**あえてつくりながら**書き進める

テクニック ❷

主人公の前に立ちはだかる**障害が、段々と大きく**なるように設定する

簡単に言うと、こういうコト！

ストーリー性を高めるには**起伏のある展開**がマスト !!

コツ9

冒頭で読者の心をつかもう！出だしはハラハラさせるのが決め手

「小説は出だしが肝心」とよく言います。出だしがイマイチだと、わざわざ時間を割いてその小説を読み進めようとは思えないですよね。ここでは、読者を魅了する出だしの書き方について解説します。

転落劇は人を引き付ける

もし冒頭のエピソードが主人公の転落から始まる展開であれば、読者はこの先の展開が心配になってついつい読んでしまいます。

つまり**冒頭には主人公の状況が大きく下降するようなエピソードを持ってくるのが、ポイント**です。転落劇は次に挙げる事柄が原因となり引き起こされることが多いので、ストーリーの参考にしてみてください。

● **環境が原因の転落**　学校での環境や家庭環境・職場環境のほか、国籍など努力では変えられない事柄。容姿や運動神経なども本人をめぐる環境の一部と言える。

● **人間関係が原因の転落**　クラスメイトから仲間外れにされる、恋人に振られるなど。

● **運が悪くて転落**　詐欺に引っかかり財産の大部分を失う、交通事故に巻き込まれるなど。

あまりにも度重なるとリアリティが失われるので注意が必要です。

冒頭には主人公の状況が**大きく下降する**ような**エピソード**を持ってこよう

どん底から始めると、それ以上は下降できないので注意!!

転落劇のきっかけは主に3パターン

環境

- 学校での環境
- 家庭環境
- 職場環境
- 容姿
- 運動神経
- 国籍

など

人間関係

- クラスメイトから仲間外れにされる
- 恋人に振られる

など

運

- 詐欺に引っかかり財産の大部分を失う
- 交通事故に巻き込まれる　など

簡単に言うと、こういうコト！

冒頭のエピソードで**ハラハラ**させて読者の心をつかもう

コツ10

ストーリーの骨組みに肉付けをして「あらすじ」をつくろう

テーマ、構成、ストーリーの流れが決まったら、それに**具体的なシーンを肉付けして「あらすじ」をつくり**ましょう。ここがあなたの腕の見せどころ！「起承転結」のような王道の構成を利用していても、舞台設定であなたらしいストーリーにすることが可能です。

あらすじのつくり方

例えば「異世界に転生した少年が勇者になって冒険するストーリー」で、転生する場面から物語が始まる場合は、「告白に失敗して泣きながら眠り、朝起きたら異世界にいた」「交通事故に巻き込まれて気を失い、目を覚ましたら異世界にいた」など、さまざまなパターンが考えられると思います。

あらすじをつくる際は、交通事故にあった場面ではその前後の出来事や考えていたことを書き出す。異世界の場面では初めて目にした光景、話しかけてきた怪人などについて**シーンごとにしっかり掘り下げて**書いていきます。**この積み重ねがあらすじ**になります。

あらすじは何に書いてもよいのですが、きちんと整理して**全体を見通しやすい状態にし**

ておくこと。ノートや文具屋などで取り扱っている情報カードを利用する人が多いでしょう。エクセルや無料で使えるグーグルシートを使ってパソコンでまとめる人もいます。

●あらすじはテーマ、構成、ストーリーの流れをもとに考えよう

それぞれの場面で①～③を繰り返す

ステップ①
場面にまつわるアイデアを複数出す

ステップ②
①の中から**しっくりくる**ものを採用

ステップ③
②を踏まえて詳しい**設定を決める**

あらすじをまとめるのに便利なツール

ノート　情報カード　エクセル
グーグルシート　など

簡単に言うと、こういうコト！

場面ごとのアイデアを
積み重ねて
あらすじを考える

column

「ありがち」を怖がらないで！まずはパターンを学ぼう

ここまでに「**起承転結**」や「**感情曲線（シンデレラ曲線）**」といった、名作によく見られる型を紹介してきました。これらを読んであなたはどのように感じましたか？「パターンに当てはめるとオリジナリティが出せないのでは」「よくある展開で読者が飽きてしまうかも」そう感じた人もいるかもしれません。

しかし、ストーリーの流れが似ていたとしても、**登場人物のセリフやしぐさには違いがでます**。どこかに、あなたらしさがにじみ出るものです。それこそが小説のだいご味であり、あなたの腕の見せどころでもあります。どうか「ありがち」な構成を毛嫌いせずに、自信を持って細部まで書き進めてください。

そもそも文学や芸術において、**先人のやり方を学ぶことはとても大切**です。「型破り」という言葉がある通り、まずは型を知らなければ破ることもできません。初心者が型を理解しないままに型破りな作品をつくろうとすると、ただの奇抜な作品になってしまうので**「ありがち」を怖がらずに**前に進みましょう。

2章

登場人物がストーリーをつくる

コツ11

登場人物がストーリーのカギ 読者を物語にいざなうキャラクターをつくろう

ジャンルやストーリーを考えて、あらすじも決まったら、次に取り組みたいのがキャラクター（登場人物）の設定です。じつは、どのような人物を物語に登場させるかは、小説を執筆する上でとても重要。作家の中には、**「キャラが勝手に動いてストーリーが決まっていった」**と言う人がいるほど、ストーリー展開に影響を及ぼします。考えたストーリーにふさわしい登場人物をつくり上げましょう。

読者に代わって物語を体験するキャラクター

登場人物が小説の中でどんな役割を果たすのか、考えたことはありますか？　その役割のひとつが**読者に物語を疑似体験させること**です。小説を読んでハラハラドキドキ、あるいは共感して泣いてしまった、なんて経験があるでしょう。**登場人物になったような気分で物語を楽しむ**ことができたからです。

さらに読み終えたときに読者にすっきりとした気持ちよさを感じさせることができたら、登場人物の設定は大成功といえます。

疑似体験は主人公だけが担うわけではありません。例えば主人公をひそかに想う幼馴染の気持ちにキュンキュンしたり、賢いヒロインに暗い嫉妬を燃やす先輩社員に共感したりと、**読者によってはまる登場人物は違います。**つまり魅力的なキャラクターが多いほど、いろいろな読者をひきつける作品になるというわけです。主人公だけでなく**脇役も手を抜かない**のが登場人物設定のポイントです。

読者に物語を
疑似体験させる！
ハラハラ
ほっこり
ドキドキ
キュン
キュン
ワクワク
読んで
よかった！

簡単に言うと、こういうコト！

疑似体験できる
キャラ設定が、
共感を呼ぶよ！

コツ12

登場人物のつくり込み方

キャラ設定には履歴書を使おう！

皆さんは履歴書を見たことがありますか？　履歴書には年齢、性別をはじめ、学歴や職歴、長所や短所、趣味などを書き込む欄があります。これを埋めるようなイメージで、**人物像を書き出して**いきます。

加えて容姿や性格、生い立ちや初恋の思い出、クセや言葉づかいなど、履歴書には書かないような内容も決めていきます。

メリハリのある性格づけをしよう

特に細かく決めておきたいのが性格です。言葉で説明するだけでなく、具体的なエピソードも添えましょう。このとき**主要人物の性格は強めに設定するのがコツ**です。人を疑うことを知らない、誰にでもマウントを取るなど、「こんな人いるの」と感じる程度に特徴にメリハリをつけるのが効果的です。

強烈な印象の登場人物に人気が集まる作品も数多くあります。「**キャラが立っている**」といわれるような作品を目指して、人物設定に取り組みましょう。

●キャラ設定に必要な項目とは?

履歴書から

●氏名　●性別　●年齢　●生年月日　●学歴、職歴
●賞罰　●免許、資格　●長所、短所　●特技
●近いイメージの人物写真やイラストを添付　など

そのほかに決めておきたいこと

●容姿　●体型　●趣味　●クセ　●口調
●好きな食べ物やタレントなど　●好みのタイプ
●秘密　●過去の恋愛
●生い立ち（生まれてからこれまでを、できるだけ詳しく）
●生まれ育った場所
●性格（具体的なエピソードを加え、大げさに）　など

簡単に言うと、こういうコト！

登場人物の性格は
ちょっと大げさ
ぐらいがいい

コツ13

印象に残る人物は極端な性格 個性派のキャラがストーリーを引き立てる

皆さんの友人や先生を思い浮かべたとき、ちょっと変わっている人ほど関心が集まっていることに気がつきませんか？　小説も同じこと。読者を物語の世界に引き込むためには、個性的な登場人物が欠かせません。そこで意識的に、**キャラクターの個性が際立つように**設定しましょう。「ちょっとやりすぎ？」「現実にこんな人はいないよね」とビビることはありません。小説の中では**極端な性格や個性の方が読者の印象に残ります。**

キャラ変で個性をつけることも

主人公が個性的なのは大事ですが、すべての登場人物が個性的である必要はありません。ただし**ライバルや親友など、主要な人物には際立つ個性を設定**するといいでしょう。平凡な主人公の平凡な日常を描いた小説を書きたいと思う人もいますよね。でも最初から最後まで起伏のない物語では、読者の興味を引くのは至難の業です。

例えばスタートは平凡な普通の人物だとしても**何かのきっかけで覚醒**したり、**いい人が闇落ち**したりするなど、個性のつけ方はいくつもあります。**ストーリーに沿って登場人物**

を変化させることは「この先はどうなるのだろう」と読者の興味をいっそう引くことにもつながります。

登場人物に個性が感じられないと

- ✓ 当たり前すぎておもしろくない
- ✓ 登場人物が似通ってしまい、わかりづらい
- ✓ 物語のワクワク感がない

読むの、やーめた！

個性を強調しよう！

- ✓ 個性は強めに設定しよう
- ✓ 途中でキャラ変するのもOK

物語に引き込まれる！

簡単に言うと、こういうコト！

最初から最後まで
平凡キャラでは、
面白みに欠ける

コツ14-1

技ありの人物設定 登場人物の人物像をセリフでつくる

人物を**読者にわかりやすく提示する手段**のひとつが「**セリフ**」です。

言葉づかいは性別を表すだけでなく、出身地や世代、性格や趣味などなど、説明文を入れなくても読者は理解することができる優れものです。

小説の中でセリフが便利なのは、説明しなくても**状況や設定を読者が勝手に推察してくれる**ところにあります。「わ、わ、私は嘘はついていません」というセリフがあったとしましょう。このセリフに読者は、「何か隠してる?」「自信がないの?」「嘘ついているよね」とさまざまな想像を働かせます。

またセリフはひとりごと以外、ほかの相手との会話に使われるもの。同級生や目上の人などとの会話をいくつも想定しておくといいでしょう。

人物設定にふさわしい言葉づかいとは

気をつけたいのは、あまりに**ありきたりな言葉づかい**。例えば老人に「〜じゃ」などとセリフの語尾につけてみても、「今どきのお年寄りはこんな風に話さない」と**読者は興ざめ**です。セリフの設定が登場人物ごとにふさわしいものになっているかどうかは、**実際に声に出して話してみるのがおすすめ**です。違和感があるところを修正していけば、登場人物にふさわしいセリフに磨かれていきます。

セリフの磨き方

1 登場人物の設定に合わせたセリフや**言葉づかい**をつくろう

2 自分のことをどう呼ぶか（例・僕、私…）など、**個性を表しやすいところ**を考えよう

3 **会話の相手を考える**

●同級生や同僚　●教師　●親　●上司
●大勢の人（演説）

4 **想定問答を考える**

誰に対して**話し方を変える**、**変えない**かも、個性のひとつ

↓

声に出して読み上げてみる
おかしなところがよくわかる

簡単に言うと、こういうコト！

登場人物にマッチした**会話のパターン**を考える

コツ14-2

技ありの人物設定 登場人物の人物像をギャップでつくる

「ギャップ萌え」という言葉どうり、**意外性を印象付ける「ギャップ」**は登場人物の個性を強調するために上手に使いたいもの。

例えば深窓の令嬢然としたヒロインが実は下町の魚屋の生まれだとしたら、「えっ、彼女に別の一面があった?」となるでしょう。これがギャップの力です。**イメージの落差があればあるほど個性が効果的に浮かび上がり**ます。

ギャップはキャラ設定の武器になる

ギャップによって近寄りがたいキャラに親近感を持たせたり、逆に不気味さや冷酷さを際立たせたりできることがわかりますよね。また途中までギャップを隠すことで、ハラハラドキドキの展開をストーリーに与えることもできます。

ギャップを武器にすれば、**登場人物の個性をさらに引き立てることができる**のです。

●ギャップ例

登場人物本来の姿や、隠された性格がポイント

ダンディーなイケオジ	⇔ ぬいぐるみ集めが趣味の乙女系おじさん
反抗的な不良少年	⇔ ウサギに餌をあげる動物好き
人目を気にしないマイペース少女	⇔ 規則を必ず守る真面目ちゃん
サバサバ系の姉御肌 OL	⇔ 好きな人とは目も合わせられない小心者
優しい笑顔を絶やさない生徒会長	⇔ 陰湿ないじめを繰り返す悪者

ギャップは大きいほど効果的！

簡単に言うと、こういうコト！

ギャップが大きいほど、
登場人物の魅力が
アップする！

コツ15

主人公をつくり込む 圧倒的な存在感で他のキャラと差別化を

小説は主人公の行動や感情を追いながら読み進めるものなので、読者が感情移入しやすい主人公は登場人物の中でも最重要な存在です。メインキャラクターの人物像はほかの人物設計にも影響を与えるので、**最初にメインキャラの人物設定から始めます。**

誰が主役かはっきりさせよう!

主人公がほかのキャラクターづくりに影響するのは、登場人物の中で最も注目を集めなければならないからです。物語の中心人物が登場人物の中に埋もれてしまっては、誰が物語を進めているのか、読者はわからなくなってしまいます。**ほかの登場人物と差別化する**ために、主人公のキャラを圧倒的な存在感を持って確立してから、ほかのキャラの設定を進めるといいでしょう。

ブレない主人公に必要なことは?

主人公の人物像は、コツ12（P32）で紹介した履歴書をイメージした手法で設定していきましょう。すでにつくり上げたあらすじを思い浮かべながら、**どんな主人公にどのような活躍がしてほしいか**を考えてつくり込みます。

この時に決めておきたいのが、**主人公の能力と自己分析**。例えば優秀で自己評価も高いエリートタイプを、能力を上回る困難に立ち向かわせるのも良し。まわりの信頼は厚いのに自信がないタイプが、友人の応援で実力を発揮するのもいいでしょう。あらかじめ設定しておくことで**本文を書き進めたときに行動や気持ちがブレなくなります。**

能力と自己分析のタイプとは？

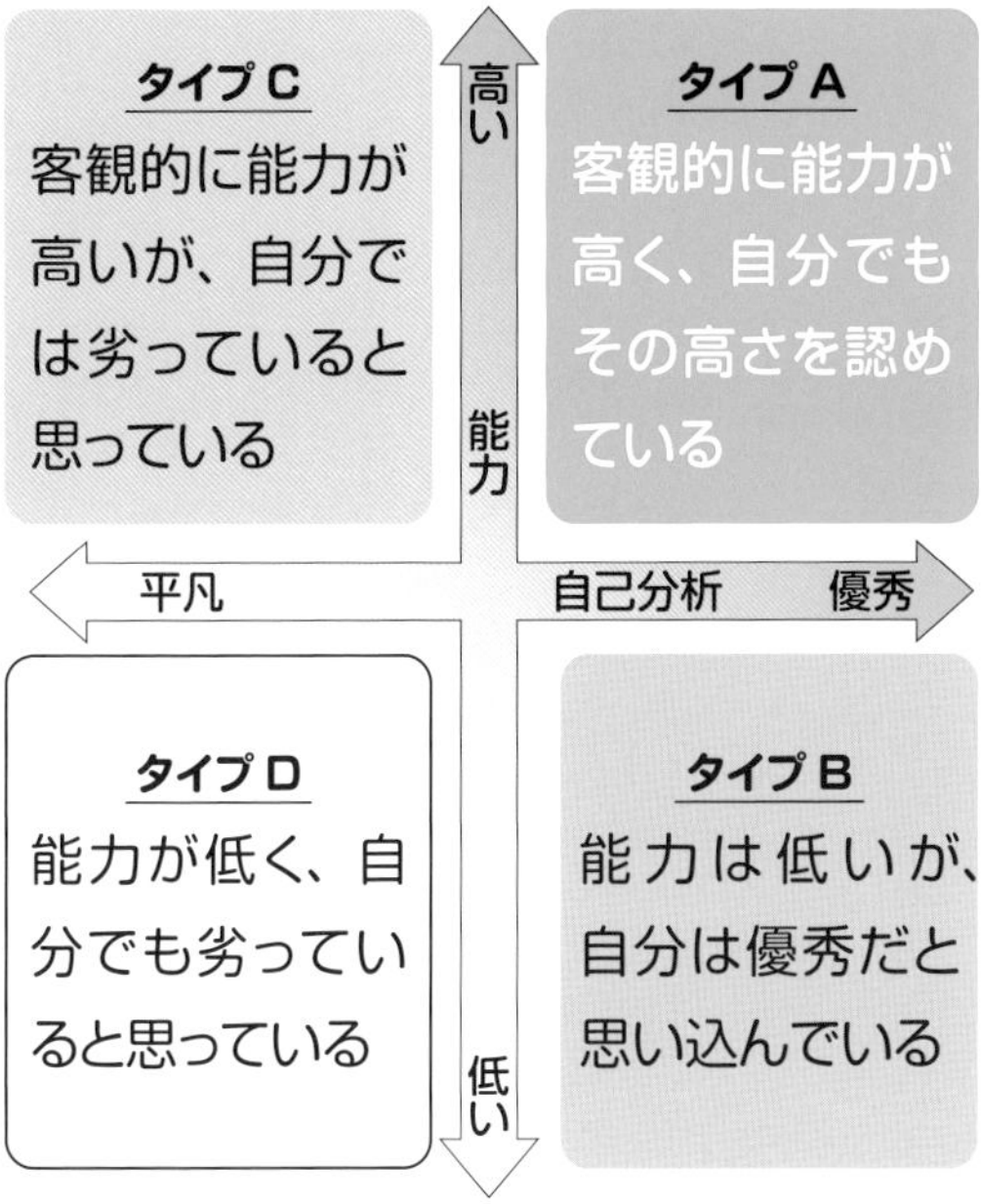
タイプ C
客観的に能力が高いが、自分では劣っていると思っている
タイプ A
客観的に能力が高く、自分でもその高さを認めている
高い
能力
低い
平凡
自己分析
優秀
タイプ D
能力が低く、自分でも劣っていると思っている
タイプ B
能力は低いが、自分は優秀だと思い込んでいる

簡単に言うと、こういうコト！

主人公の人物設定は最初にしておこう

コツ16

主人公に目的を設定する
読者が応援したくなる主人公の必須条件

人は誰しも夢や目標に向かって頑張る人を応援したくなるものです。小説だって同じ。読者を味方につけたいと思うなら、**主人公に目的を与える**のが一番です。「目指せ！　甲子園出場」「恋人をつくる」「魔王退治」「ビジネスで成功する」「復讐を遂げる」など目的の種はいくらでもあります。書きたい小説、描きたい主人公に合わせて、目的を選びましょう。

目的を決めるときに大切なことは？

目的の方向性は大きく分けてふたつ。

ひとつは、**努力をすれば何とか手が届きそうなもの**です。身近な目的に向かって努力する主人公の姿は、読者の共感を呼ぶことでしょう。もうひとつは、いわゆる「**ムリゲー**」。**主人公の持っている能力ではたどり着けない高みにどうやって到達するのか**、ワクワクしながら読み進めることができます。

目的にまっしぐら、ではつまらない

目的を設定することでストーリーは主人公が成長する流れになります。しかし着実に目標に近づいていくのでは、面白い物語にはなりません。必要なのは〝**山あり、谷あり**〟と言う**さまざまな困難や障害**です。欠点のある主人公、という設定にするのもいいでしょう。欠点があるからこそ、読者の共感を呼ぶことができます。主人公の目的が固まったら、あらすじをもう一度見直して**目的にたどり着くまでの道のりを決めておく**ことも大切です。

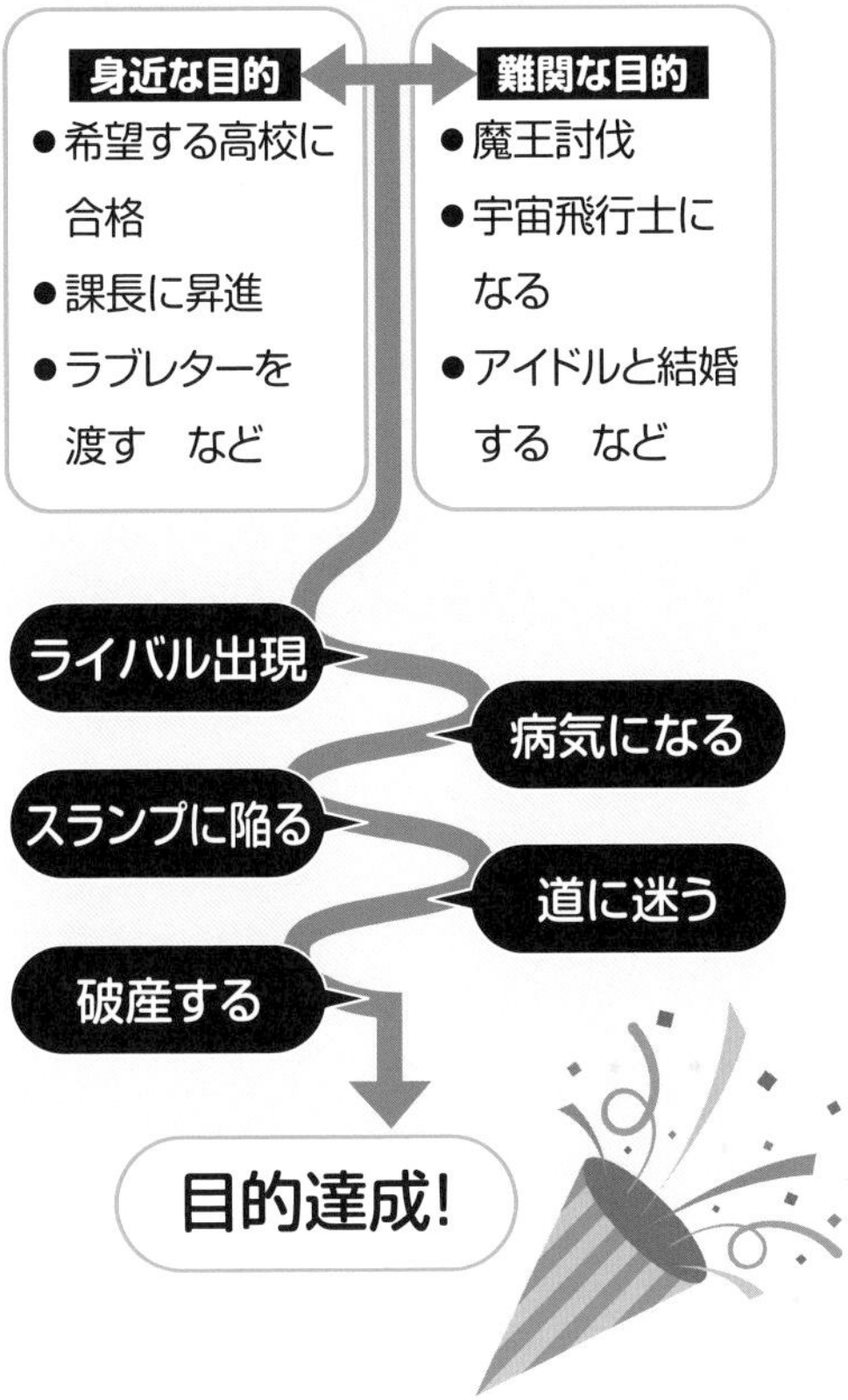
身近な目的
●希望する高校に合格
●課長に昇進
●ラブレターを渡す　など
難関な目的
●魔王討伐
●宇宙飛行士になる
●アイドルと結婚する　など
ライバル出現
病気になる
スランプに陥る
道に迷う
破産する
目的達成!

簡単に言うと、こういうコト！

目的のある
主人公は
困難もセットに
しておく

コツ17

ユニークな主人公の魅力
クセの強さを逆手に取った人物設計がカギ

主人公の魅力を考えたとき、ついついカッコよさや性格のよさを思い浮かべてしまいませんか？　小説の主人公はそんな見栄を張る必要はありません。**欠点や変なクセ、果てはアクの強さまで魅力にすることができる**のです。

読者の願望をかなえる存在

現実世界では人気がない欠点やクセが小説ではなぜ魅力に逆転するのか？　なんと言っても、**「私だって思いっきりハジケたい！」という読者の願望を体現してくれる存在**だからです。人の目や良心、道徳などの足かせが取り払われた気分を感じさせてくれます。

自分とは関係ない小説の中のことだから、という読者の気持ちも作用します。安全地帯にいるからこそ「もっとやっちゃえ！」とあおりたくなる心理が働きます。

諸刃の刃になる恐れも

強烈なキャラクターの使用には注意が必要です。

書きたい小説テーマにあまりにかけ離れていては、読者は違和感しか覚えません。主人公のイメージにストーリーが引きずられてしまい、物語が破堤する恐れもあります。また**クセが強すぎると、読者は他の登場人物に同情してしまって逆効果**になります。

クセ強主人公が読者に人気の理由

自由でうらやましい

勉強だけが取り柄じゃない

秘密があるなんてかっこいい

クセが強い主人公

- オタク
- 自分勝手
- 謎が多い
- 友達がいない
- 勉強が苦手　など

嫌いな人がいてもいいよね

本当はひとりでいる方が好き

好きなことを極めるなんてすごい

簡単に言うと、こういうコト！

クセが強い主人公は読者を味方にも敵にもするよ

コツ18

脇役が主人公を輝かせる個性的な脇役で物語に深みをつくる

名脇役がいるからこそ、主人公も輝けます。主人公とは違う能力や考え方を持たせることで対比が生まれ、脇役独自の人物像を設定できます。

ライバルは主人公よりも優秀に

脇役の中でも特に設定に力を入れたいのがライバルや敵役です。能力や容姿などは主人公よりも上。物語の中では主人公よりも人気者かもしれません。主人公にとって大きな壁になるように**相手が強ければ強いほど物語は盛り上がります。**

無理に憎たらしくする必要はありません。敵役に感情移入する読者も多いので、ライバルなりの事情を設定しておくのも手です。

個性的な脇役で物語にスパイスを

学園ものであれば友人や先生、あこがれの先輩、もちろん家族の存在も忘れてはいけません。主人公に助言をしたり励ましたりする存在が、主人公に成長を促します。また脇役だからこそ思い切りユニークな人物として登場させることもできます。**個性的な脇役は、物語に深みを持たせるスパイスのような存在**です。人物設定を丁寧に行って、存在感のある脇役をつくり上げましょう。

脇役の人物設定ルール

1. 脇役といえども、**細かく設定**しよう
2. 主人公とは**絶対に似てはならない**
3. それぞれの登場人物で**違いを出そう**

ライバルや適役

- 主人公よりも**優れた能力や容姿**などを持っている
- 主人公と差別化ができるよう、**正反対の性格や能力**を

主人公を取り巻く人たち

- 人物設定が必要なのは、親しい友人や同僚、上司や先生、家族など
- 変わった性格や能力など、**主人公をしのぐ個性**を持たせてもOK

簡単に言うと、こういうコト！

敵役は主人公よりも**強いキャラ**にするコト

コツ19

脇役の人物設定
強力な敵対者が主人公を輝かせる

敵対者には、主人公とは違う考え方や欲求を持つような人物設定が求められます。主人公を邪魔するものと定義してしまいがちですが、そこまで単純化しては小説に面白みが生まれません。ライバルや敵役の人物像を深堀して、物語にふさわしいキャラクターに仕上げましょう。

ライバルが主人公を成長させる

敵対者の中でも**ライバルは、主人公と競い、切磋琢磨する存在**。スポーツをテーマにした小説でおなじみです。ライバルは勝ち負けにはこだわっても、主人公との関係性は基本的に良好。主人公の目標となるようなポジションに位置します。反発しあいながらも**互いを認める関係性が築ける個性を設定**しましょう。

競い合う過程で、友情が生まれることも多々。それだけに嫌われキャラではなく、むしろ**好感度の高い人物像が求められます**。

憎む理由に説得力を

一方、敵役は主人公が憎くて仕方ない人。ドロドロとした感情を持ち、主人公に憎悪をぶつけてくる憎まれ役です。しかし憎悪の理由があまりに分かりやすいと、読みごたえが半減してしまいます。**なぜ憎むのか、なぜ分かり合えないのか、説得力のある理由**を持たせましょう。読者の共感を呼ぶような理由づけは、敵役の魅力にもつながります。

主人公 VS ライバル

「敵」というより「競争相手」

- 主人公よりも**概ね優秀**
- 競い合うことで主人公の成長を促す
- **いい人キャラ**の場合が多い

競い合うことで
新しい関係を築くことも

主人公 VS 敵役

恨みや憎しみをぶつける「敵」

- 主人公よりも**優秀なことが多い**が、劣っている場合も。**劣等感**が憎しみの根拠に
- 憎しみの**理由に説得力**があると、物語に深みが

主人公が倒すまで
戦いは続く

簡単に言うと、こういうコト！

ライバルや敵役の
人物像を深掘りする！

コツ20

脇役の人物設定 主人公をはげまし、導く、相棒や援助者

主人公との相性がカギの相棒の設定

コンビが中心になってストーリーを動かしていく「**バディもの**」は、主人公に伴走する相棒の人物設定がものをいうジャンル。主人公との相性を考えながら、相棒の個性を決めていきます。よくあるのが**まったく正反対の組み合わせにするパターン**。よく似た性格だがこだわるポイントが違うというのも面白い組み合わせです。

援助者の人物設定のポイントは、ずばり「**上から**」**ポジション**。年長者であったり優れた技術の持ち主であったり、主人公を指導する優位な点を明確にしておきます。そして、主人公に何をどのように援助するのかを設定します。また**主人公とのギャップも援助者の魅力**です。ちょっとズレたサポートで物語に緩急をつけることもできます。

多すぎる登場人物は失敗のもと

脇役はあまり多く登場させると物語に混乱が生じます。脇役を描写するために、主人公

の場面が削られるのでは意味がありません。しかも作者は書き分けに苦労し、**読者は登場人物の名前を覚えるだけで四苦八苦。**これでは小説を書き進め、読み進めることが難しくなります。**名前がある登場人物は5人程度に絞る**ことを、あらかじめ決めておきましょう。

相棒＝伴走タイプ

恋人や親友、双子の兄弟など対等な立場

- 主人公と正反対、あるいは似ている個性
- 主人公との差別化が必要
- 主人公と**一緒に目的を達成**する

主人公との相性で相棒の人物設定を変えよう！

援助者＝監督タイプ

教師や上司、師匠、親など主人公よりも「上」の人

- 技術や伝統の継承、経済的支援など、主人公に与えることがある**能力や財力がある**
- ジェネレーションギャップから、ズレたアドバイスも

助けてはくれるが一緒に立ち向かうわけではない

簡単に言うと、こういうコト！

相棒、援助者は**主人公との関係性**が大事

コツ21

ミステリー小説の登場人物を設定しよう
探偵役の魅力は天才＋欠点で完成する

さまざまな「**謎**」を解き明かすのがミステリーの基本。**主人公は多くの場合、謎を推理し、解決に向けてアクションを起こす探偵役**です。警察小説、サスペンス、本格ミステリーなど舞台は幅広いので、描きたい世界観にあった探偵役を設定しなければなりません

天才キャラには欠点が不可欠

誰も気づかない犯罪の証拠を見つけ論理的に犯人を追い詰める探偵は、「**天才**」です。そんな探偵が容姿端麗で仕事もでき性格もいいキャラだとしたら、読者は反発します。探偵の人物設定には欠点が欠かせません。**有名なミステリー作品には、さまざまな変人探偵**が登場します。外見が薄汚かったり、性格が悪かったりと、いくらでも思い浮かぶことでしょう。サイコパスのような冷血人間探偵キャラもミステリーならば効果的。**欠点と優秀な能力がギャップを生み、**強烈な個性の探偵が誕生します。

素人探偵を登場させよう

探偵役の設定では職業にもひと工夫が必要です。

刑事や探偵など、事件が身近な立場でなく、違った職業の人を**素人探偵役として登場させるのもひとつの手。**犯罪と無関係の職業が持つ知識や価値観を活かすことができるので、ユニークな特技を生かした謎解きができ物語のオリジナリティを高められます。

探偵役はギャップ萌え？

天才探偵
●犯罪の証拠を見逃さず、犯行のトリックを見破る

- 服装がダサい → 頭がいいから許す
- 犯罪歴あり → 悪の魅力ってあるよね
- 虚弱体質 → むしろ応援したくなる
- 私生活はポンコツ → 弱点が人間くさい
- 勉強ができない → それでも名探偵になれるんだ
- 血を見ると気絶する → 私が守ってあげたい

簡単に言うと、こういうコト！

探偵役の欠点や**ギャップ**が読者を引きつけるんだ

コツ22

ミステリー小説の登場人物を設定しよう
容疑者と真犯人が読者を惑わす

ミステリーにおいて容疑者は読者への罠となる存在。特に謎解きを楽しむ趣向ならば、複数の容疑者を用意しなければなりません。そこで読者を「**誰が犯人?**」と悩ませるためには、**容疑者みんなが怪しい状況をつくる必要があります**。そのためにキャラクター設定と動機は不可分です。

説得力のある犯行動機を設定

それぞれの**容疑者に、犯行動機になるような経験や理由を設定**します。例えば復讐という動機をすべての容疑者に設定しても、復讐する理由がダブってはいけません。容疑者が複数といえどもここは手を抜けないポイントです。

また容疑者によって動機に大小をつけると、そこから読者は真犯人を探ろうと考えます。**ミスリードを誘うことができるか**など、読者との駆け引きを考えながら、容疑者の人物設定を進めていきます。

読者が納得の真犯人像をつくろう

では、真犯人はどのような人物がいいのでしょう。容疑者のひとりが犯人という場合もあれば、まったくノーマークの人物というケースも考えられます。目立たない性格ならば大丈夫なわけでもなく、悪目立ちするぐらいが読者の推理から逃れられるかもしれません。いずれにしても真犯人の立ち位置を決めて、動機を固めていきます。

大切なのは、犯人を明らかにしたときに読者が納得できるかどうか。動機はもちろん、犯行が可能な心身なのかなども含めて、真犯人の設定をチェックしておきましょう。

容疑者

- 探偵役や真犯人が容疑者になる場合もある
- 読者の**ミスリードを誘う**ような設定を

↓

真犯人

- 真犯人が**容疑者ではない場合も**ある
- 読者を欺ける性格を与えよう

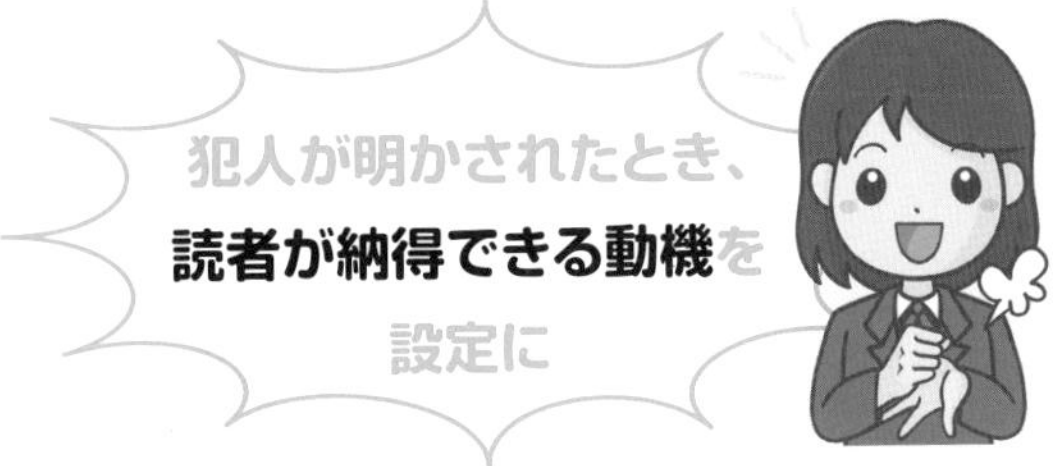
犯人が明かされたとき、
読者が納得できる動機を
設定に

簡単に言うと、こういうコト！

読者の
ミスリードを誘う
のがポイント

コツ23

ミステリー小説の登場人物を設定しよう
助手がいるから、読者は深く事件に関われる

ミステリーの名作を思い出すとき、**探偵とセットで頭に浮かぶのが助手の存在**。シャーロック・ホームズとともに活躍するワトソンがその代表格です。

探偵の欠点を補う存在

ミステリーにおいて助手は絶対に必要な役ではありませんが、重要なキャラクターとして登場させることができます。天才で変人の探偵に対して、助手はおおむね平凡な人というのが定番。つまり**助手は読者の分身となって事件に関わって、読者に強い臨場感を与えることができる**のです。

なぜタッグを組むのか動機を設定

助手の設定には**探偵と組んで捜査に参加する動機も必要**です。

わざわざ変人と一緒にめんどくさい捜査を行うのですから、ありきたりの動機では読者は納得できません。単に仕事だからというのではなく、同じような犯罪で家族を失った経

験があったり、犯人に間違われそうになったりという、**関わらざるを得ない事情を設定する**と説得力が増します。

助手の役割

読者の分身

一般人の立場で事件に関わる設定が、
読者には自分の分身と感じられる

読者は物語に
参加している気分に

仲介役

変人の探偵とほかの登場人物との仲介役。
容疑者への聞き取りなどを任せることができる

ストーリーの進行をスムーズに

簡単に言うと、こういうコト！

助手は平凡キャラが
おすすめ

コツ24

ファンタジー、SFの人物設定
非日常的な世界に生きる人物を想像しよう

ファンタジー小説やSF小説は、どちらも現実離れした非日常的な世界観が魅力。登場人物も、あらすじをつくる時に練り上げた世界観に沿ったものにしなければなりません。想像力をフル回転させて人物設定に取り組んでください。

世界観に沿った設定項目を決めよう

ファンタジー小説の人物設定も、履歴書をイメージして固めていきます。しかし設定項目は大違い。異世界ものであれば、「どのような魔法が使えるの？」「呪文の言葉は？」「年齢は800歳？」など、現代小説では考えられない設定をつけ加えなければなりません。**人物設定の前に、世界観に沿った設定項目の洗い出し**から始めましょう。

衣装や持ち物なども設定しましょう。例えば中世ヨーロッパ風の世界観ならばドレスをモチーフにするなど衣装や容姿も細部にこだわりながら決めていきます。**細かい設定がリアリティを生み、読者は物語の世界を楽しむことができる**のです。

現実とのギャップを際立たせる

SF小説もファンタジー小説と同様に新たな設定項目を加えていきます。未来の世界が舞台ならば、どんな生活を送り、どんな教育を受けてきたのか、どんな価値観を持っているかなど**現実とのギャップが明らかになるような設定項目が必要**です。もちろんキャラクターの容姿や外見も大切な要素になります。

SFならではの科学技術や宇宙に関する知識を絡めながら、人物設定を行いましょう。

非現実世界の設定

ファンタジー小説

- 物語の**世界観に沿った**設定項目を決める
- **衣装や容姿**で舞台をイメージできる設定を
- 設定は**細かければ細かいほど**、リアリティが増す

SF小説

- 教育や生活の様子など、舞台となる場所の**社会の様子が伝わる**設定を
- **現実とのギャップ**を感じさせる設定にする
- 科学技術や宇宙など、**SFの要素**を設定に盛り込む

簡単に言うと、こういうコト！

世界観を細やかに
設定しておくことが
何より大切！

コツ25

ファンタジー、SFの人物設定「異形の者」に必要な設定って何か？

ファンタジー小説やSF小説には人間以外のキャラクターも多く登場します。言葉を話す動物や妖怪、大魔王、意志を持ったロボットに宇宙人…。ファンタジーやSFならではの**「異形の者」**にも、人物設定が必要です。

何者なのか明らかにする作業から

ファンタジーで人間以外の登場人物に必要な設定は、まずどのような種族なのかです。妖精なのか、妖怪なのか、魔族なのかなどを決め、さらに細かい分類に落とし込みます。妖精とひとことで言っても、エルフもいれば、ドワーフもいる。外見も性格も全く違うので、細かく設定しておきましょう。外見や得意技などのほか、**種族の特徴以外に独自の性格も加えて個性をつくります。**「おしゃべりする靴下」など、**意外なものに人格を持たせることができる**のも、ファンタジー小説ならではの面白さです。

キャラ設定はオリジナリティを大切に

いかにもSFチックなロボットや宇宙人は、お手軽な設定ではかえって読者からそっぽを向かれてしまいます。SFの王道キャラだからこそ**作者独自のオリジナリティを発揮させたい**ところです。

ロボットならばどのように製造されたか、宇宙人ならばどんな星からやってきたのか、設定でしっかりと固めていきます。強い個性を持たせることで、読者は共感し、愛着を感じられるようになり**印象深いキャラクターが確立**します。

「異形の者」の人物設定

ファンタジー小説

- 種族など**何者かを決めて**から、さらに細かい設定を
- 種族の特徴以外、**個々の性格**もプラス
- **意外なものに人格**をつけてもOK

SF小説

- ロボットならば製造方法、宇宙人ならばどんな星から来たのかなど、SFらしい**こだわりの設定**を
- SF定番の設定だけでなく、**オリジナルの設定**を加える

簡単に言うと、こういうコト！

独自の設定を設けて「**異形の者**」にあった個性をつけよう

column

一作目は短編かショートショートがおすすめ

初めて小説を書く人にとって、いきなり長編小説にチャレンジするのはハードルが高いです。まずは**短編小説**や、それより**もう少し短いショートショートに挑戦するのがおすすめ**です。短編小説とは400字詰めの原稿用紙でおおよそ10枚から80枚程度の長さのもの、ショートショートとはそれより短い20枚に満たない程度の長さのものを指します。

長編小説はサイドストーリーなどを入れて変化を持たせながら書くのが一般的。しかし、長さがある程度決まっている短編やショートショートでは、本編の流れとは関係ない描写を極力省き、**シンプルなストーリーにするのが基本**です。一つ一つのシーンを短く、つまり事件やできごとが起こるスパンを短くして、テンポよくストーリーを進めましょう。

もし完成後に公募に出すことも検討しているなら、まずは10～13枚程度で書き上げるのを目標にするといいかもしれません。短編を対象とした公募で、数は少ないですが5000文字以下でも応募できるタイプをときどき見かけるからです。また、**連作短編**にすれば必然的に文字数が増えるので、応募できる幅が広がります。**連作短編とはつながりのある短編小説を複数書いて、一つの作品としたもの。**一貫したテーマを持たせつつ、一話ずつでも楽しめるように仕上げるのがコツです

3章

プロットは小説の設計図

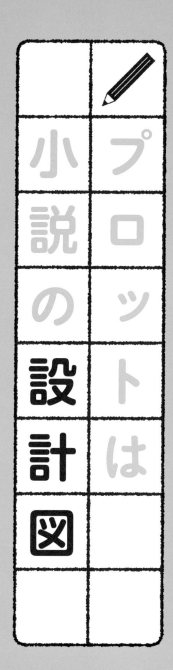

コツ26

プロットのメリット
小説を書くには「プロット＝設計図」が必要

書きたい小説のストーリーを考えて、あらすじもつくりあげました。それではさっそく書きはじめましょう……というわけにはいきません。本文に取りかかる前に**プロットをしっかり練る必要がある**からです。

あらすじを肉づけするプロット

あらすじさえあれば小説は書けるんじゃないの？　細かいことについては、とりあえず書きながら考えていけばいいのでは？　こう思うかもしれません。

でも主人公の心の動きを中心に展開する純文学などは例外として、小説を書くためにはプロットが必要なんです。特に謎を解き明かすミステリーなどの小説の場合、プロットをとても細かくつくり込んでおくことが大切です。

プロットとはあらすじをさらに深く考えて、完成に向けて肉づけをしていくこと。小説を書くためにとても重要なもので、いわば**設計図**にあたります。

プロットがないまま書きはじめると、必ずと言っていいほど行き詰まってしまいます。

あらすじどおりに書いているのだけど、何だか話の流れが面白くない。もっと突っ込んだ表現や説明をしたいけど、何をどう書いたらいいのか分からない。このようにつまずいて、最後まで書き進めることができなくなってしまうのです。

プロットがないと…

- 書いている途中で**ツマる**
- どう書いたらいいのか**分からない**
- 細かい表現が**できない**

⋮

最後まで書き進められない！

↓

プロットを書く

あらすじを深く考えてプロットを書く

↓

スムーズに書き進められる

簡単に言うと、こういうコト！

プロットは設計図。

小説を書く前に

しっかりつくり込もう！

コツ27 エピソードを並べる小さな話（エピソード）がつながるのが小説

プロットを書くには数多くのエピソードが必要になります。

エピソードは一つだけ取り上げても大きな流れにはならないけれど、なければ小説がつながらない大事な話です。

読者の興味をひくエピソードがなければ、小説は成り立ちません。ただ淡々とストーリーが流れていくだけになってしまいます。面白い小説の条件とは、興味深いエピソードが次から次に紹介されることと言ってもいいでしょう。

エピソードを考えるとき最初は話の流れにこだわらず、思いついたものをどんどん書き出していきます。

「一学期の最終日、優等生のライバルの恥ずかしい趣味がバレる」
「魔法を使うたびに、そのエルフの右耳が少しずつ小さくなっていく」
「目が隠れるほど前髪をおろしている少女の額には、じつは角が生えていた」
「腹心の部下が、肝心のところで言うことをきかなくなってしまう」　などなどこのとき、あらすじに合わないエピソードを思いつくかもしれません。そうした場合、必ずしもあらすじを優先させる必要はありません。

浮かんだエピソードがすごく気に入った場合は、それに合わせて話の流れを変えてもいいのです。**まだ書きはじめる前の段階なので、柔軟に考えて**いきましょう。

エピソードとは？

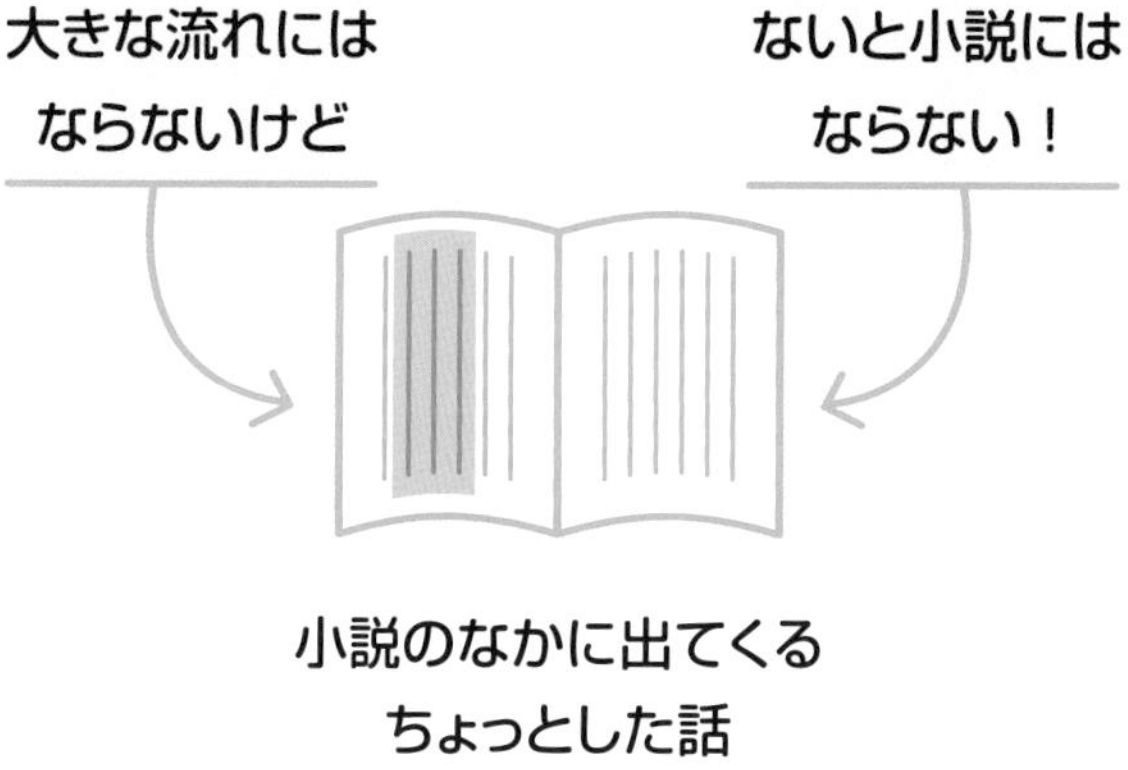
大きな流れにはならないけど
ないと小説にはならない！
小説のなかに出てくるちょっとした話

面白い小説とは？

- ✓ エピソードが**興味深い**
- ✓ **次々に**エピソードが出てくる
- ✓ エピソードの**数が多い**

簡単に言うと、こういうコト！

あらすじに合わないなら、**エピソードのほうを優先**させる手もアリ！

コツ28

プロットの書き方　あらすじの一つ一つのシーンを具体化する

ざっくりしたストーリーや、それをちょっと詳しくしたあらすじについては、何となくつくり方が理解できるのではないでしょうか。一方、プロットはどうやってつくればいいのかわからない人も少なくないでしょう。でも難しく考える必要はありません。

プロットは「シーン」ごとに考える

プロットを考える段階では、すでにあらすじができていますよね？　物語のスタート地点から、主人公のピンチ、敵対するライバルの暗躍、思わぬ人からのうれしい手助け、といった読者の興味をひくシーンが続き、ラストシーンへと続いていくことでしょう。

そういった**一つ一つのシーンをエピソードを加えながら具体的にぐっとふくまらせていく**、これがプロットづくりです。小説を執筆するなかでもとても楽しい工程です。

自分に合った形式を見つけよう

どうやって書くのかについてはこれはもう人それぞれ。例えば大きな大学ノートを使い、一ページごとに一つのシーンを書いていく方法があります。地図や部屋の様子など、絵や図で描き込んで世界観を確認したい場合はこのやり方がいいかもしれません。
あとで**前後の入れ替えをしやすいように**シーンごとに一枚一枚、カードに書いていくプロの小説家もいます。パソコンを操作しエクセルの表に落とし込んでいく手もあり、この方法は内容を修正するのが簡単です。

プロットを書くコツ

- あらすじにある**1つ1つのシーンごと**に考える
- エピソードをまじえてぐっと**ふくらませる**

大学ノートに書く
絵や図を書き込みやすい

カードに書く
前後の入れ替えがしやすい

エクセルで書く
内容を修正しやすい

簡単に言うと、こういうコト！

ストーリー
↓
あらすじ
↓
プロット
の順でつくろう

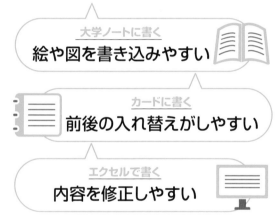

コツ29

プロットの書き方
各シーンを「5W1H」に落とし込む

一つ一つのシーンを、どうふくらませてプロットにしていくのか。そのポイントは英語の授業でならった「5W1H」です。

あらすじはあくまでも物語の粗い流れ。それをもとに文章にしようとしても、なかなか筆が進まないでしょう。だから「5W1H」の考え方に落とし込んで、**一つ一つのシーンに小説らしい肉づけ**をするのです。

それを左の図「主人公が敵対する相手とついに闘う」で見てみましょう。5W1Hに落とし込むことではっきりとそのシーンが見えてきます。小説を書こうとするような人なら考えているうちに、どんどん想像がふくらんでいくのではないでしょうか。主人公は素手で出向いたけれど相手はあらかじめ武器を倉庫に隠していた、なんてエピソードがあっても面白いですよね。

より**詳しい状況や行動の背景、時間経過、主人公の感情など**、思い浮かんだことをノートやカード、パソコンにどんどん書き込んでいきましょう。

例えば、
「主人公が敵対する相手とついに闘う」シーンの場合

When	いつ	月の出ていない暗闇の夜に
Where	どこで	人気のない港の倉庫のなかで
Who	だれが	主人公が敵対するグループのリーダーＡと
What	なにを	前々から考えていた決着を
Why	なぜ	嫌がらせをもう我慢できなくなったため
How	どのように	相手が降参するまで

簡単に言うと、こういうコト！

「**5W1H**」で考えたら
シーンがどんどん
厚みを増していく！

コツ30

伏線を張る ミステリーでは、特に論理的&フェアに

伏線とは、あとで明らかになる大事なことを前もってチラッと示しておくこと。プロットを書くときは伏線をどこにどう張るのか、しっかり考えるようにしましょう。うまく使うと、「えっ、あれがここにつながったの?」「あー、気づかなかったな」などと読者に心地よい感情の動きが生まれます。

使えそうな伏線はメモしておこう

伏線には「**死亡フラグ**」のようなお約束、場にややそぐわない**意味深なセリフ**、登場人物の**さりげない行動**、あとで再び登場する**重要なモノのチラ見せ**、といったように多くのものがあります。小説やドラマ、映画の中で、「この伏線は使えそう」と思ったらメモしておく習慣をつけるのがいいでしょう。

特に**ミステリーでは**、事件解決につながる要素をちりばめるために**多くの伏線が必要**です。張る数だけではなく、ほかのジャンルの小説と比べてより論理的でフェアな伏線にすることを心がけましょう。

伏線は悟られないようにひと工夫

ただ伏線を上手に張るのは簡単ではありません。やりすぎ、書きすぎてしまうと、読者に「これって、伏線ぽいな」と思われて興ざめになるからです。

要するに、**読者に伏線だと悟らせないように、目くらまし**をするわけです。一方あまりにもサラッと書くのもダメで、読者の印象に残りません。こうした書きすぎ、書かなさすぎのサジ加減に注意するようにしましょう。

伏線のコツ

特にミステリーで重要　あとで出てくる大事なことを**前もってチラ見せ**すること

意味深なセリフ
「ボクはネコが嫌い…」

死亡フラグ
「この戦いが終わったら結婚しよう」と言った人は死亡する

登場人物のさりげない行動
帰りにコンビニに寄って…

重要なアイテムのチラ見せ
自慢の腕時計

簡単に言うと、こういうコト！

うまく伏線を張ると、
読者に驚きや
納得感を与えられる

コツ31

伏線を回収する張った場所と離れるほど効果は大

伏線を張ったら必ず回収しなければいけません。意味深なセリフや行動を示しておいて、いつまでたっても知らんぷり……ということでは、読者が置いてけぼりになってしまいます。「そうだったのか！」「なるほどね」といった驚きや納得感を読者に強く与えるには、**提示した伏線の回収場所が重要**になります。

伏線は張り場所と回収場所を離すこと

例えば全部で50ページある小説の場合、15ページ目で伏線を張っておいて、たった3ページあとの18ページ目に回収するのはどうでしょうか。「あれ、さっきの伏線らしきものが、もう回収されたの？」と読者は拍子抜けしそうです。伏線を張った場所と回収場所が近い場合は、読者の心をさほど動かせないのです。

伏線の効果を大きくするには伏線の張り場所と回収場所を離すことが大切。最大限の驚きを与えたいのなら、**伏線っぽいものがあったことを忘れるころ、いきなり大きく回収**しましょう。こうすれば読者の驚きや納得感はより強くなります。

大切なのは、ほどよいサジ加減

ただし伏線の回収場所が離れるほど、読者の記憶が薄れて、前もって張っておいた伏線の印象が弱くなりがちなことです。

このため**相当離れた場所で回収したい場合は、やや強めの書き方で伏線を張っておく**のがいいでしょう。とは言え、やりすぎたら伏線だと読者にバレバレになってしまいます。あくまでもサジ加減が大切なのです。

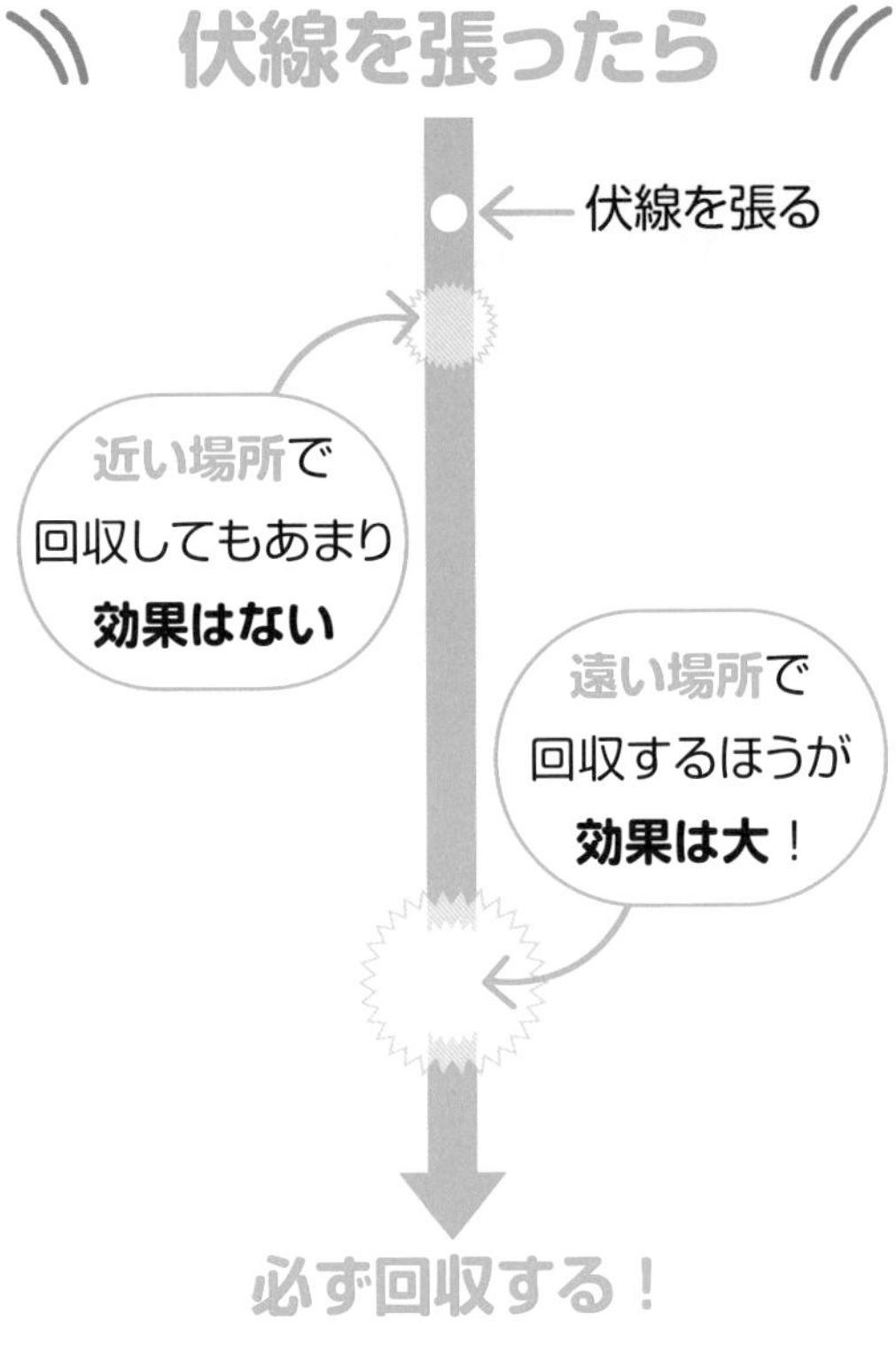
伏線を張ったら
伏線を張る
近い場所で
回収してもあまり
効果はない
遠い場所で
回収するほうが
効果は大！
必ず回収する！

簡単に言うと、こういうコト！

張った伏線は
必ず回収しないと
読者がブーイング！

コツ32

謎をつくる
次を読みたくなるのは、謎があるから

小説を読んで面白いと思うのはなぜ？　最後まで読みたくなるのはどうして？　その答えの一つが「**謎があるから**」です。分かりやすいのはミステリー。大きな事件が起きて、それを解決するために探偵や警察が奔走します。しかし謎が出てくる小説はミステリーだけではありません。どのジャンルの小説でも**気になる謎が示されるからこそ、その先を読みたくなり**、ページをめくる手が止まらなくなるのです。

大事件だけが謎じゃない！

謎とはいっても人が殺されたり誘拐されたり、国が転覆するような大事件が起こったりする必要はありません。**身近に起こるちょっとした不思議なこと**でも、読者を十分ひきつけることが可能です。

「同級生のAさんは毎週金曜の5時間目だけ教室にいなくなる」「Cくんは不良なのに急に成績が学年トップになった」こういった小さな謎が似合う小説もアリです。

謎は一つではないほうがいいでしょう。複数の謎が同時進行していると、ある謎が解決しても別の謎がまだ残っていることになります。いったん解決したように思わせてそこからまた新たな謎が生まれるパターンも、読者の興味を引き続けることができます。

意外な事件や思いもよらない出来事もおすすめ。**読者は続きが気になって最後まで読みたくなります。**とにかく、謎は小説の一大ポイントなので、プロットづくりのときに踏み込んで考えておくこと。次から次に読者に示し飽きさせないようにしましょう。

面白い小説には、必ず謎がある

- ✓ ミステリーでなくても、**謎は必要**
- ✓ 複数の**謎を同時進行**させる
- ✓ 解決しても、**新たな謎**が発生
- ✓ **意外**な事件や出来事は**効果大**

簡単に言うと、こういうコト！

ページを次から次にめくりたくなるのは「**謎**」があるから

コツ33

トラブル、対立もめごとがあるほど、小説は面白くなる

わたしたちの日常は、人生が変わるかもしれないトラブルや命が危険になるほどの対立はまず発生しません。中高生の場合、平日は学校に行って放課後は部活か帰宅。休日は遊びに出るか家でダラダラし、試験が近いなら仕方なく勉強と言った感じ。

そういった日常を小説にすると、どういった作品になるでしょうか？　ちょっと想像しただけでもまったく面白くないことがわかりますよね。

困難が物語をおもしろくする

小説は山あり谷ありのストーリーが命。これを乗り越えられるの？　と読者が思うようなもめごとがどんどん発生するほうが、絶対に面白くなります。

トラブルや対立が起こり、主人公がピンチにおちいってしまう。そして、やっとのことで乗り越える、打ち破る、勝利を得る。心の内面を描く純文学の場合、何らかの要因から大きな葛藤が生まれ、悩み苦しんだ末に克服する（あるいは挫折する、精神を病む）。**主人公がこういった障害にぶつかるからこそ、小説は成立する**のです。

あらすじを変えてしまうのもあり！

あらすじを考えプロットをつくっているとき、**何だかいまひとつ面白くない、**つまらない、気分が乗らないと感じることがあるかもしれません。

そうした場合あらすじに手を加えて、大きなトラブルや対立を発生させてみましょう。

その上で一つ一つのシーンを掘り下げていくと、プロットをスラスラつくっていけることが多いものです。

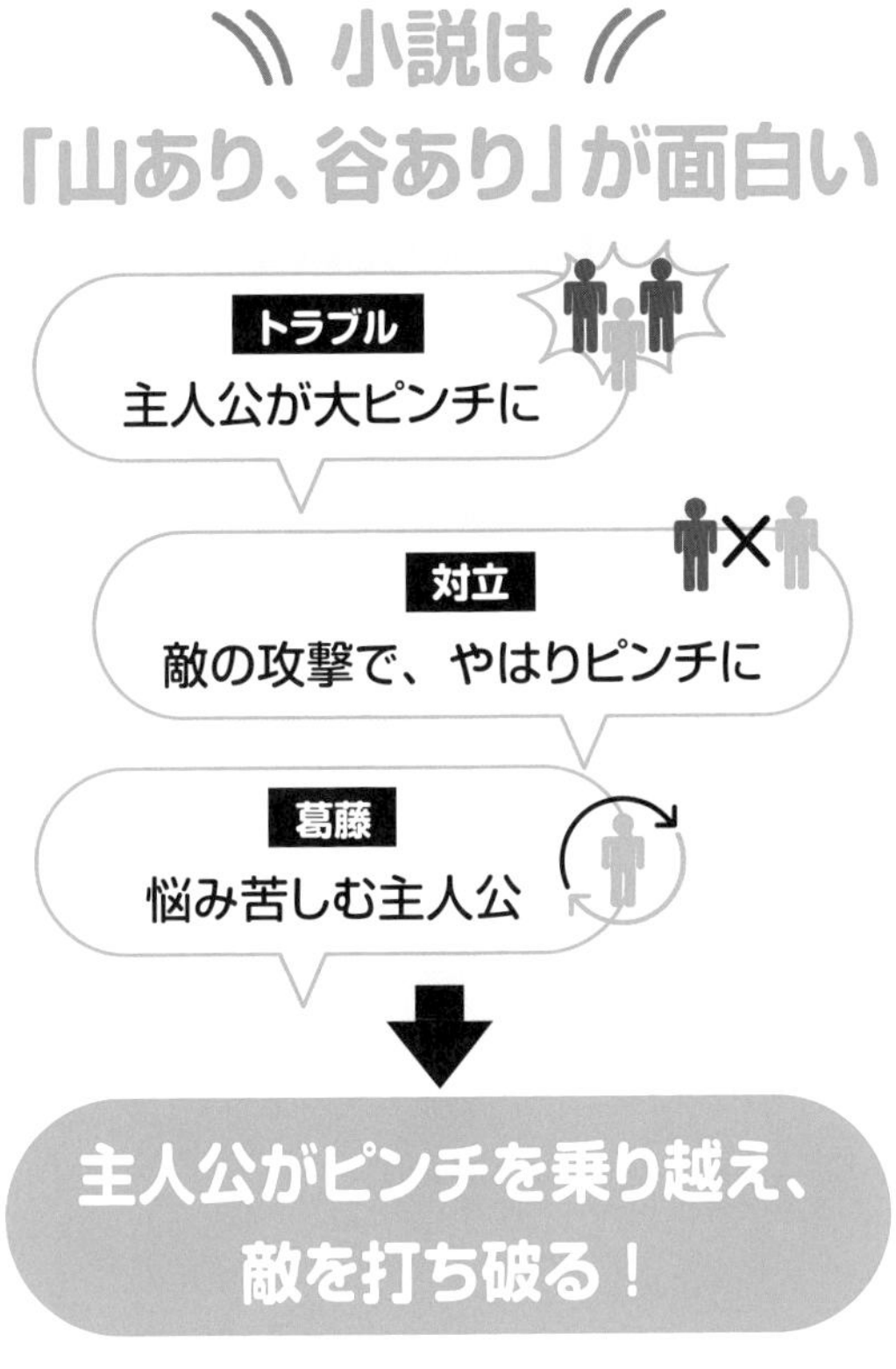
小説は
「山あり、谷あり」が面白い
トラブル
主人公が大ピンチに
対立
敵の攻撃で、やはりピンチに
葛藤
悩み苦しむ主人公
主人公がピンチを乗り越え、
敵を打ち破る！

簡単に言うと、こういうコト！

あらすじがいまひとつ、
面白くない…。
それなら**トラブル**を！

コツ34

主人公をいじめる悩み苦しむ主人公に、読者は感情移入する

感情移入ができる主人公とは

面白い小説は、主人公がひどい目にあうことが多いものです。主人公が苦しみ、悩み、傷つき、涙を流すほど小説は面白くなります。

読むうちに主人公にどんどん感情移入していき、ページをめくる手がとまらなくなる、そういった小説を目ざしましょう。プロットをつくる際には、どうすればもっと主人公をいじめられるか、痛い目にあわせられるか、を考えるのがコツです。

一つ一つのシーンで、これは本当にひどい、ここまでしなくても……と自分でもちょっと引くほどの内容のプロットを書きましょう。**主人公がそういったひどい試練を乗り越えたとき、読者は気持ちが浄化され、ああ読んでよかったと思う**ものです。

読むだけで幸せになるような、ほんわかした小説を書きたい。こう反発したくなる人がいるかもしれません。しかし、そんなあなたがこれまでに読んだ小説に冒頭からラストシーンまで主人公がただ楽しく、幸せにすごすものはなかったのでは？

おだやかに話が進んでいくように見えても主人公の前には何らかの障害が発生し、ふんわりとしながらも乗り越えていったはずです。**おだやかな雰囲気の小説も主人公をいじめることは必要**だと覚えておきましょう。

読者が感情移入するために

主人公が何度も
ひどい目にあう！

ここまでしなくても…
と思うほど
主人公をいじめる！

↓

主人公が**試練を**
乗り越えたとき、
読者は**スッキリ**する！

簡単に言うと、こういうコト！

主人公がいじめられ、
ひどい目にあうほど、
読者は**感情移入**
できる！

コツ35

ミステリーの犯行動機
読者が納得する動機を考えることが大事

ミステリーを成立させる重要な要素の一つが犯行動機。この部分が弱いと「いやいや、そんなことで犯罪は犯さないでしょ」と、読者を納得させることができません。いくらテーマが面白くストーリーがよくても犯行動機がひどかったら、「あー読んで損した」とガッカリされそう。ある意味、**トリックよりも気をつかわなければいけない要素**です。

犯行動機にはさまざまなバリエーションが

●**復讐**　過去にひどいことをされた場合など。「そこまでひどいことをされたのなら……」と読者が納得するような理由を考えましょう。

●**自分や大切な人を守るため**　正当防衛のほか、乱暴されそうになった彼女を救うため、といった動機も。なぜそんな状況になったのか、といったエピソードが必要です。

●**人のため、社会のため**　身近な人ではなく、「世のため人のため」といった犯行動機。犯人の信念や正義感を示すエピソードがあれば説得力が増します。

●**お金**　強盗や詐欺、遺産相続など。わかりやすい犯行動機ですが、その分、なぜそんなにお金が必要なのか、プロットでぐっと深めておく必要があります。

●欲望　権力争いや出世競争などがこのパターン。政治や経済を扱う場合、プロットを書く段階で十分下調べをしておかないと、深みのある小説にならないので要注意。

ほかに、人を殺すのが楽しい「**サイコパス**」が登場する小説も。この場合、**人物像をしっかり設定しておかないと、浅くて薄い物語になりがち**なので気をつけましょう。

憎い相手に
復讐したい
権力がほしい
地位がほしい
とにかく
お金がほしい
世のため、人のため
自分を守るため
家族や恋人を守るため
とにかく人を
殺したい
サイコパス

簡単に言うと、こういうコト！

納得できる

犯行動機がないと

ミステリーは失敗する

コツ36

ミステリーのトリック 詳細なプロットづくりが何よりも大切

出入りできないはずの部屋のなかで死体が見つかった。あるいは被害者に強い恨みを抱いている人間には確かなアリバイがあった。

ミステリーにトリックはつきもの。せっかくミステリーを書こうとするのなら、読者の想像をはるかに超えるトリックを考えたいものです。

ミステリーの代表的なトリック

●**密室**　昔から本格推理小説でよく使われてきた題材です。いかに犯行が不可能なのかを示すため、プロットの段階で舞台設定をしっかり考えなければいけません。

●**アリバイ工作**　死亡推定時間をずらす、録音しておいた悲鳴を流す、ニセの目撃証言をさせるなど、さまざまなアリバイ工作があります。

●**叙述《じょじゅつ》トリック**　叙述トリックとは読者の先入観を利用したトリックで、小説の語り手が男性と思わせて女性だった、主人公が若者っぽいけど高齢者だった、など読者を錯覚させるトリックです。このようにトリックのジャンルは数多くあります。しかし、トリックがいかにすぐれていても、細かな設定があやふやなら説得力のある小説にはなりません。例えば密室殺人の場合、どういった家のどの部屋が犯行現場になったのか、間取りや出入り口、家具の配置、カギの種類、窓の高さなど、これでもかと思うほど考えることがいっぱいです。**ミステリーこそプロットの段階で詳細に書き込んでおく必要**があります。

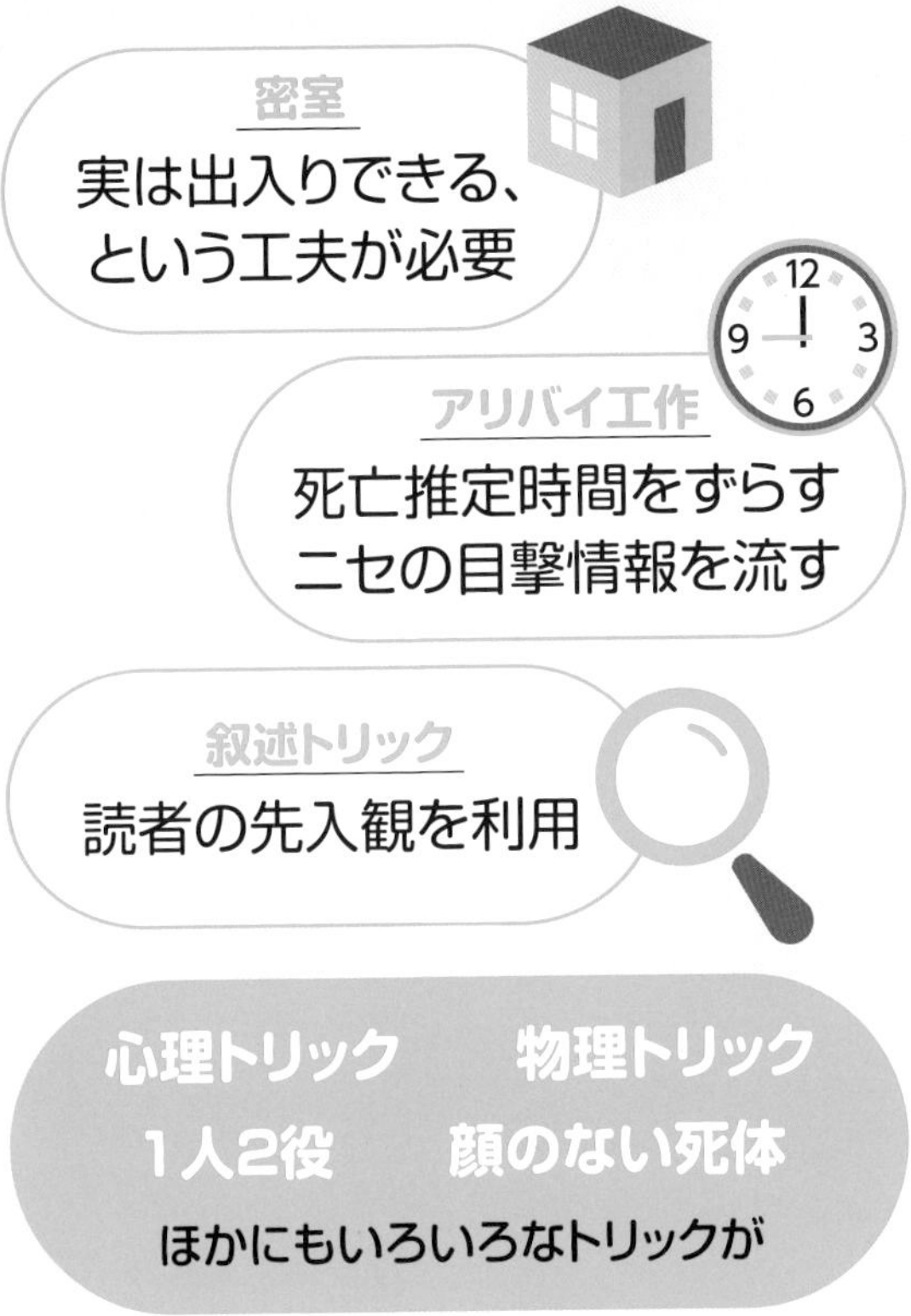
密室
実は出入りできる、
という工夫が必要
12
9
3
6
アリバイ工作
死亡推定時間をずらす
ニセの目撃情報を流す
叙述トリック
読者の先入観を利用
心理トリック
物理トリック
1人2役
顔のない死体
ほかにもいろいろなトリックが

簡単に言うと、こういうコト！

トリックに必要なのは
細かな設定と説得力。
プロット段階で
詰めよう！

コツ37

プロットから原稿を書きはじめる 書き出しで迷いすぎず、とりあえず前に進む

細かく書き込んだ数多くのプロットがあれば、それらを文章に仕立ててつなげることにより自然と小説らしい形になっていきます。

書く前にはいま一度、**あらすじの流れがベストなのか確認**しましょう。例えばあらすじでは殺人のシーンが前半のクライマックスだったミステリー。プロットを読み返したところ、冒頭の方がインパクトが強いと感じた場合、思いきって流れを入れ替えたほうがより良い小説になる可能性があります。

筆を止めるな！　まずは前進しよう

このようにプロットの順番を確認したら、いよいよ執筆に入ります。すらすら書き進めていけるのなら、それがもちろんベスト。でも**書き出しの部分で早くもつまずいてしまう**人が実は少なくありません。

一行書いてはこうじゃないと消し、また書いてはイマイチだと消し……こうして、なかなか書き進めることができないのです。

すでにあらすじは完成し、それぞれのシーンもプロットに細かく落とし込んでいます。それなのに書き出しの部分でとまっているなんて本当にもったいないですよね。

満足できるような書き出しにならなくても、そこで止まらないようにしましょう。とりあえずそのままにしておき、**思い切って次の行に進む**のです。そうして何ページか書いているうちに、何となくペースがわかって筆が進むようになります。

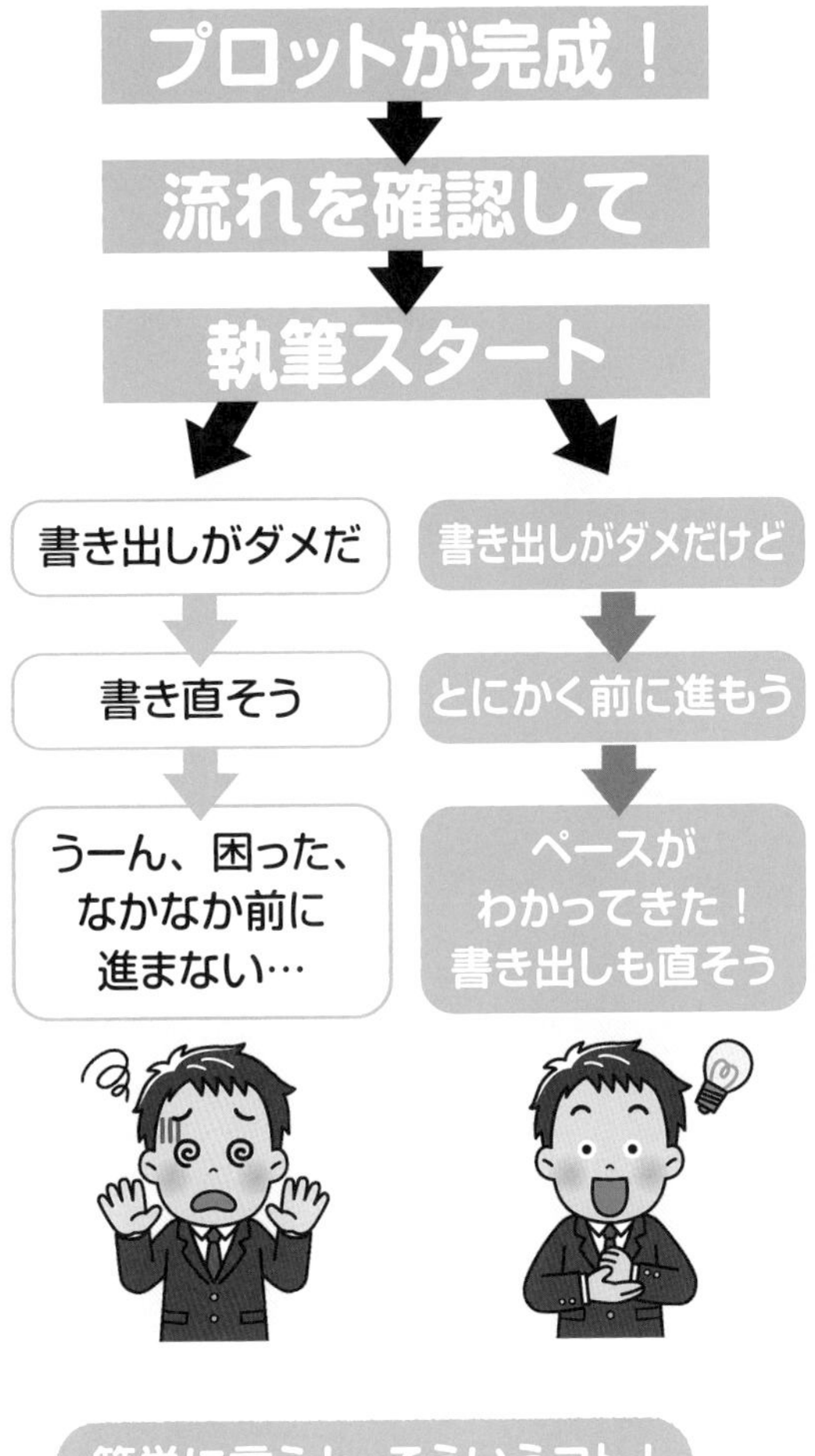
プロットが完成！
流れを確認して
執筆スタート
書き出しがダメだ
書き直そう
うーん、困った、なかなか前に進まない…
書き出しがダメだけど
とにかく前に進もう
ペースがわかってきた！書き出しも直そう

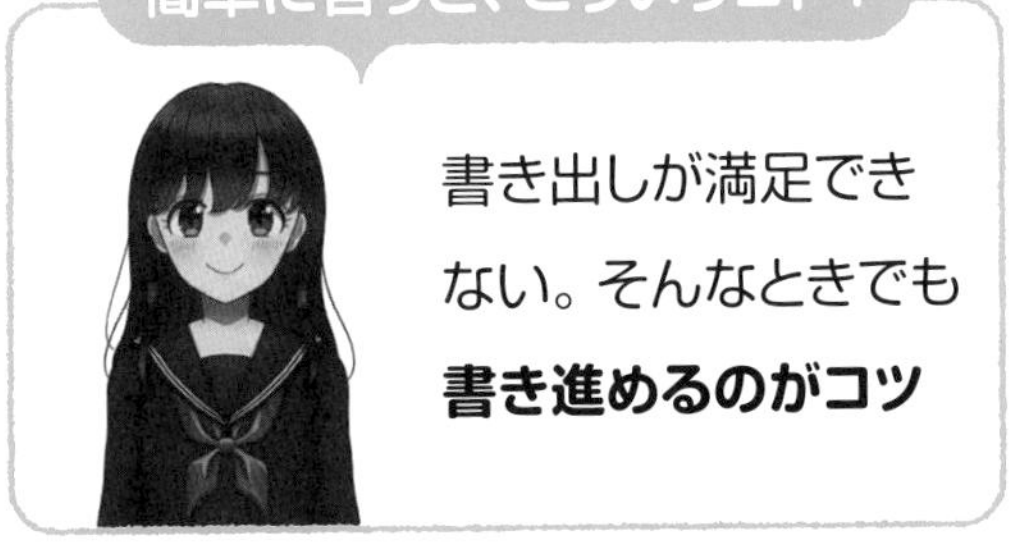
簡単に言うと、こういうコト！
書き出しが満足できない。そんなときでも
書き進めるのがコツ

column

頭の中を整理するには「イメージ」の箇条書きが効果的

アイデアがたくさん頭の中に浮かんでいるけど、書きたいことがあり過ぎてまとまらないという悩みがある場合は、**情報を整理**してみましょう。

やり方ですが、まずはざっくりでよいので、**どんな小説にしたいのかを書き出して**みてください。「読者を感動させる小説」とか「読んだら元気が出る小説」とかで構いません。そこから「スポーツを通して仲間の大切さを訴える」や「失敗ばかり誰からも注目されていなかった主人公が、アイドルを目指して奮闘する」などと、**イメージを少しずつ具体的に**していきましょう。さらに舞台となる時代や場所、登場人物、それにまつわるエピソードなど、思いつく限り**具体的なイメージを箇条書き**してみます。

さらにそれを整理していくのです。紙とペンを使って、関係する項目に○をつけたり、線を引いたりすれば、イメージの大小や関係性も見えてくるはずです。簡単なイラストで整理する方法もあります。そうして、余分なものをそぎ落とすことで、**明確に書きたいものが見えてくる**と思います。

4章

しっかりした描写方法を身につけよう

コツ38-1

文章の基本的ルール①
一文字あけ、記号の使い方を統一する

文章を書くときには一定のルールがあります。そのルールを守ると読みやすく統一感があり、好印象です。小説を書くときにもそのルールを守って書くようにしましょう。

書籍の場合は縦書き(WEB小説は横書き)

書籍の小説では縦書きが基本です。**WEB小説の場合は横書き**となり、数行まとめて書いたら一行あけて次の段落に進む形式が一般的でしょう。

行頭は一文字あける。カギかっこのときはあけない

縦書きの場合、**段落の最初は一文字あける**のがルールです。横書きの場合は一文字あける場合もあれば、あけずに行頭から文字を書き始める場合もあります。

文頭一文字あいている

○ 　空は晴れている。雲ひとつない。

× 空は晴れている。雲ひとつない。

カギかっこを使う場合は、縦書きでも横書きでも行頭は一文字あけません。なお、カギかっこは、①セリフのとき、②本や映画などの作品タイトル、③固有名詞、④文章の一部を強調したいときなどに使います。

カギかっこの中のカギかっこは『』を使う

カギかっこを使う場合、**その中にカギ括弧を入れるときは、二重カギかっこ**を使います。

ほかにも次のようなルールを意識して統一するようにしましょう。

○「この間、映画館で『スター・ウォーズ』を見たんだよ」
×「この間、映画館で「スター・ウォーズ」を見たんだよ」

カギかっこの中は二重カギかっこが入っている

!?のあとは一文字あける

!?のあとは一文字あけます

○ウソだろ?　そんなはずはない。
×ウソだろ?そんなはずはない。

?のあと一文字あいている

漢数字（一、二、三）と算用数字（1、2、3）は基本的に混同せず統一

三点リーダー（……）やダーシー（——）は二文字分使う

簡単に言うと、こういうコト！

文章のルールを守り、
読みやすく好印象の
小説を書こう

コツ38-2

文章の基本ルール②
文体を統一して小説の個性を光らせる

語尾を「～です」「～ます」にするか「～である」「～だ」にするかは好みや小説の内容によって決めればよいですが、**統一するのが原則**です。それぞれの特徴を伝えます。

「です・ます」は丁寧でやさしい印象

～です、～ますを語尾にすると、**やさしくていねいな印象**になります。児童文学では多くはこの文体です。小説でも、主人公のキャラクターに合わせて使うとよいでしょう。芥川龍之介の小説の多くは「です・ます」で書かれています。

「です」「ます」の例

> 私はふと空を見上げて、亡き母のことを思い起こしました。

「である」「だ」は簡潔できりっとした印象

こちらは**クールな印象**があります。ハードボイルド系の小説やミステリーなどに多く使われます。

「である」「だ」の例

私はふと空を見上げて、亡き母のことを思い起こした。

会話調のくだけた文体もある

まるで友達同士が**話しているような口調**で物語が語られているものもあります。親しみやすいですが全編がこれだと少し読みにくく感じることもあるため、「である」の文章の中に**アクセントのように使う**場合もあります。

「会話調」の例

私、ふと空を見上げて、亡くなった母のことを思い起こしたんだよね。

一文は60字以内、改行は2~3文のことが多い

一文の長さは60字以内が読みやすいと言われます。最近は特に短い簡潔な文章が好まれ、改行も多めの作品が多いです。ひとつの段落で、1~3文、5~6行を一段落とし、改行することが多いようです。カギかっこつきのセリフの文章は独立した一文にします。

簡単に言うと、こういうコト！

「です・ます」と「である」は**好みで**使い、改行は多めに

コツ39

一人称と三人称の違い 主人公をどう描くかの違いを知ること

一人称で書くのか三人称で書くのかで、その小説のあり方自体が大きくかわります。

一人称は読む人が主人公に感情移入できる

一人称で書くということ、それは**主人公の目線**で物語のすべてを描くということです。

> 目覚めたら、太陽はすでに天高くじりじりと照らしていた。
> 私はのびをしてベッドから降り、「昨晩は飲み過ぎたな……」と反省した。先輩にからみ、よけいなことを言ったと思い出すうち、ひとりでいるのに顔が赤くなったのを感じた。

主人公の「私」に**読み手が感情移入できるのが大きなメリット**です。読者の視点は主人公の視点と一致し、この主観を通して、作品中の事件を体験する感覚になります。

三人称は客観的に物語を捉えることができる

同じような描写でも客観的で、**近くで主人公を観察している**ような感じです。

> マリが目覚めたとき、太陽はすでに天高くじりじりと照らしていた。彼女はのびをしてベッドから降り、「昨晩は飲み過ぎたな……」とつぶやいた。先輩にからみ、よけいなことを言ったと思い出し、ひとりでいるのに恥じて顔が赤くなっていた。

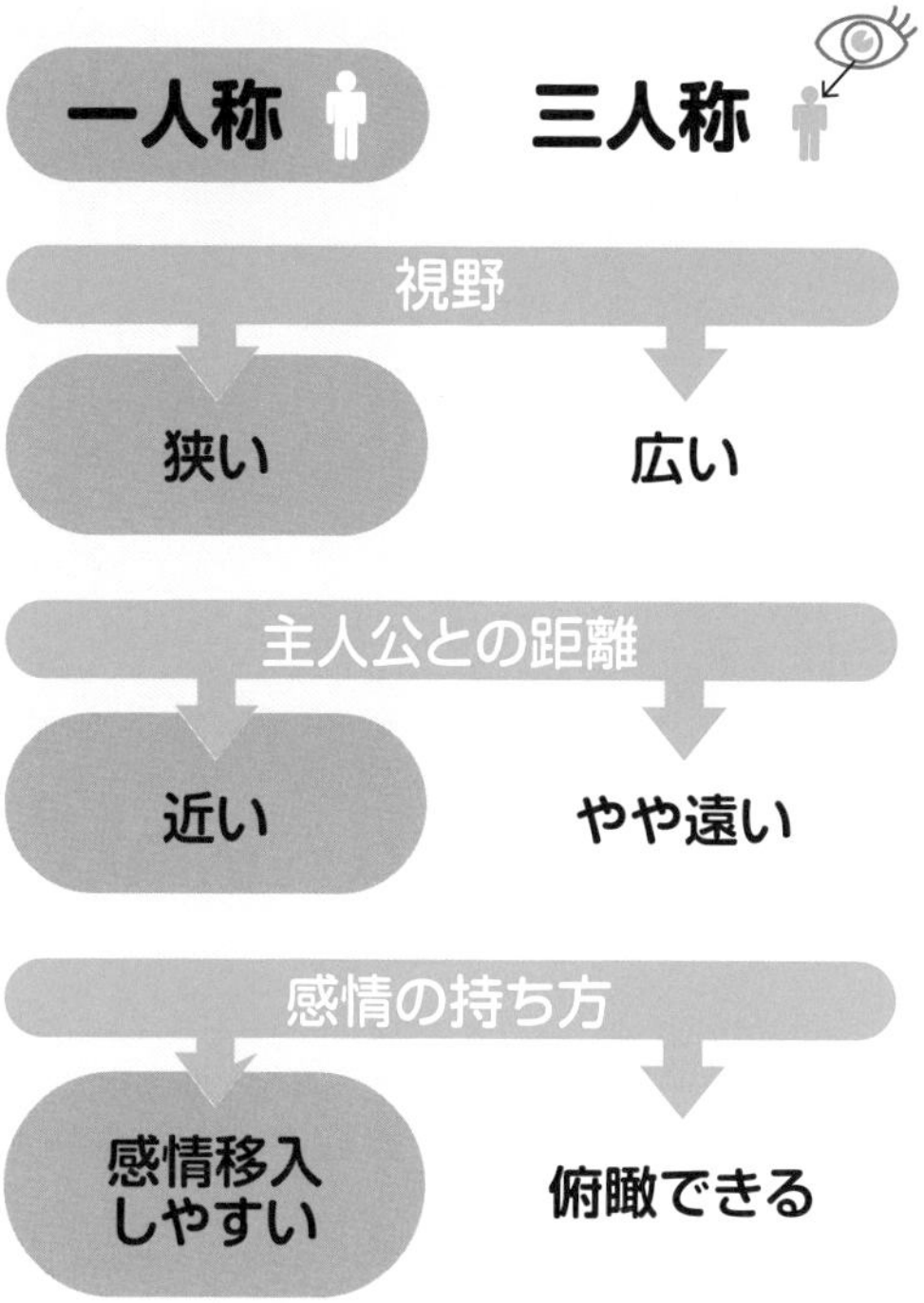
一人称
三人称
視野
狭い
広い
主人公との距離
近い
やや遠い
感情の持ち方
感情移入しやすい
俯瞰できる

＊どちらがいい、悪いではなく、視点が違うことで伝わり方が違うということ。それぞれのデメリットと対策は次からのページで解説

簡単に言うと、こういうコト！

同じ内容でも
一人称は感情移入し
三人称は客観的に

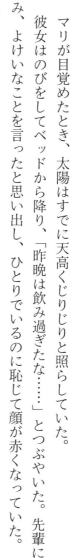

コツ40

一人称の使い方 視点がブレないように気をつける

主人公の視点や感情を統一する

一人称で小説を描くと、読者は**キャラクターに感情移入しやすく**なります。つまり、主人公と同じように感じ、主人公の鼻を使ってニオイを感じ、口で味わい、耳で人の話を聞きます。主人公が悲しめば読者も悲しくなり、主人公が憤れば読者も怒りを感じるなど、**主人公と同様の行動や感情を味わいやすく**なります。

それだけに、作品を通して、「**主人公らしい言動の統一**」が重要になります。そうでないと読み手が期待外れになったり、主人公を理解しにくくなり、感情移入がうまくいかなくなります。

私、あたし、僕、オレ……、一人称の書き方も影響

ひと口に一人称といっても表現はいろいろです。男性の場合、「僕」「俺」「私」では、主人公の性格も違ってきそうです。また「俺」「オレ」と、漢字なのかカタカナなのかに

よっても**主人公の人となりに影響**します。女性の場合、「私」が多いと思いますが、「あたし」「ウチ」と表現するとかなりくだけた人物像となります。

英語では一人称は「I」で済んでしまいますが、**日本語だと多彩**で表現しがいがあります。

主人公の視点や感情を統一する

ベストセラー小説は、一人称で書かれたものが多いと言われます。2023年にもっとも売れた村上春樹さんの『街とその不確かな壁』も「ぼく」が主人公です。『我が輩は猫である』（夏目漱石）はタイトルまで一人称です。感情移入しやすい小説は、それだけファンがつきやすいともいえます。

ヒーローより「ちょいダメ」な主人公を一人称で

主人公の人物設定をするときには、スーパーヒーローのような完璧な人物像でなく、**欠点も目立つような人物のほうが親しみやすく、感情移入しやすい**ものです。また周囲の人物や環境によって感情が揺さぶられ、悩み苦しむ人物のほうが、物語にも変化がつきます。

一人称のデメリットは本人視点でしか書けない点

メリットの多い一人称の小説ですが、デメリットもあります。それは、当然ですが**本人の視点でしか書けない**こと。P94で例に出した文章をもう一度見てみましょう。

> 私はのびをしてベッドから降り、「昨晩は飲み過ぎたな……」と反省した。先輩にからみ、よけいなことを言ったと思い出すうち、ひとりでいるのに顔が赤くなったのを感じた。

「昨晩飲み過ぎた」と思い込んでいますが、実は量はそれほど飲んでいないのかもしれません。「よけいなことを言った」と反省していますが、先輩はそのように感じていなかったかもしれません。でも本人だけの視点で書いていると、別の視点は説明できません。

それを補うのは、周囲の人物のセリフ。左の例を参考にしてください。

私はのびをしてベッドから降り、「昨晩は飲み過ぎたな……」と反省した。先輩にからみ、よけいなことを言ったと思い出すうち、ひとりでいるのに顔が赤くなったのを感じた。

するとＬＩＮＥが来た。……ウソ！　先輩からだ。

おそるおそるメッセージをあけてみたら、笑顔のネコのスタンプとメッセージが目に飛び込んだ。

「昨日は楽しかったね」

あれ、怒っていない。そして先輩はこう続けていた。

「英語のノート、店に忘れてたよ。たいして酔ってなさそうだったのにね。部室に持って行こうか？」


本人だけでは伝えられない視点を先輩が伝えている

登場人物それぞれを一人称で描く方法もある

本人視点だけでなく多視点でを持つために、**登場人物それぞれを章ごとに一人称で描く方法**もあります。恋愛小説では彼の視点、彼女の視点が交互に描かれる作品もあります。

コツ41

三人称の使い方
初心者は主人公に視点を定めると書きやすい

「彼」「彼女」、主人公の名前など、三人称を主語に使って小説を書く方法について説明します。

「三人称限定視点」

「三人称限定視点」とは、三人称を使うけれど、**視点はその人に限定される**、ということ。

> その瞬間、アキラはキョウコに「嫌われた」と思った。彼の話を聞いた後、横を向いたキョウコがひそかに小さなため息をついていたからだ。

アキラが嫌われたと思い、アキラがキョウコの様子からその理由を感じる。すべてアキラの視点です。

これ、実は**「アキラ」を「僕」に変えれば一人称の書き方とほぼ同じ**です。その上、一人称と違って、

限定された人物の視点

説明的な文章を加えても違和感があまりないので、一人称で通すより、書きやすいと言えます。この文章で言うと、後半が説明的な文章です。

「三人称全知視点」

この書き方は、**登場人物ごとの視点**で文章を書いていくことです。

「三人称全知視点」では、**それぞれの人物の感情を適確に表現できます**。が、ともすると「今だれのことを書いているのか」「その感情は誰の感情なのか」がわかりにくくなりがちです。読者が理解しやすいようにしっかり**書き分ける必要**があります。

> その瞬間、アキラはキョウコに「嫌われた」と思った。キョウコはキョウコで「そういうアキラがめんどい」と横を向き、ひそかにため息をついた。

登場人物ごとの視点（3人が同等）

「三人称客観視点」

登場人物の内面を直接書くことはせず、**客観的事実だけを書いて**いきます。

客観的に書けるので、読者は状況の把握がしやすいのです。この例は恋愛小説ですが、むしろ**ファンタジーやミステリージャンルの小説が書きやすい**かもしれません。

> アキラはキョウコと付き合っているが、最近はキョウコとの関係性にわだかまりを感じているようだ。キョウコはそんなアキラと距離を置き始めた。

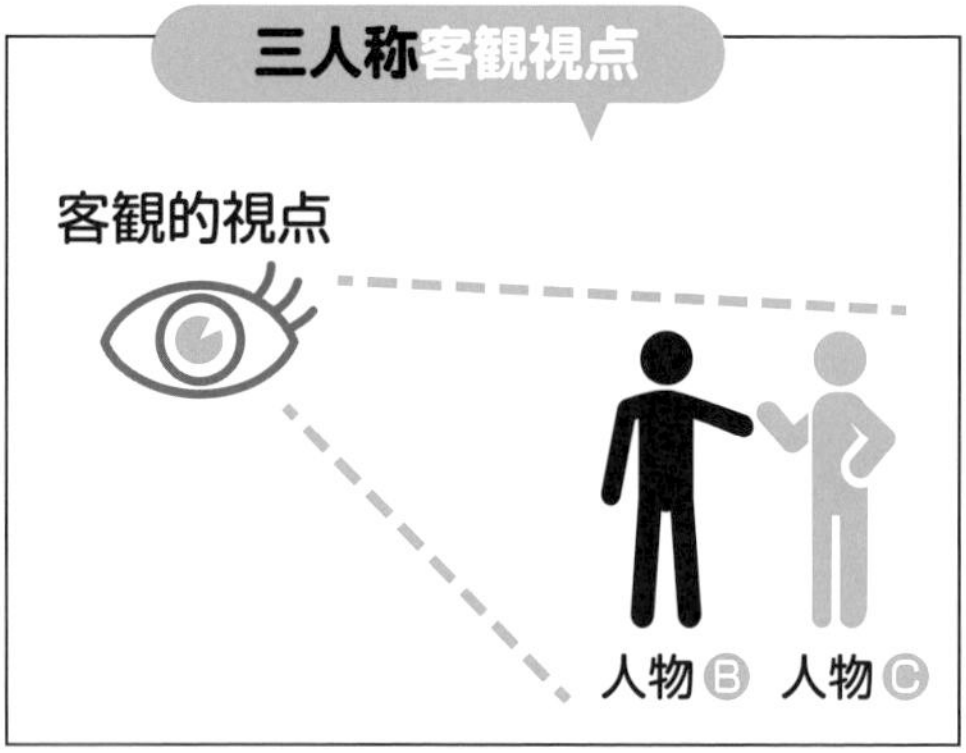

客観的事実だけを書く

三人称のメリットはさまざまな場面を書けること。でも感情移入が……

三人称で書く場合は、一人称よりも場面の説明や、**主人公以外の登場人物の感情を読者に理解してもらいやすい**というのがメリットです。

しかし、物語を俯瞰しているような描写になるので、読者としては感情移入がしにくいともいえます。実は小説の書き手も感情移入しにくく、**説明的な文章になりがち**です。そうなると、読者の心をつかみにくいかもしれません。

主語を連発しすぎない

三人称の場合、登場人物の名前を主語にすることが多いでしょう。そうなると、その名前がキャラクター設定に大きく関係します。同じアキラでも「明」「彰」「あきら」「アキラ」で人となりが違って感じられるため、**キャラクターに似合う名前をつけることも重要**です。

また、**名前を連発しすぎるとうるさい印象**になるので注意しましょう。

三人称のメリット・デメリット

メリット ○	デメリット ×
登場人物それぞれの心情が書きやすい	だれの視点で話がすすんでいるのかわかりにくい
↓	↓
冷静な文章	エモくない
↓	↓
状況説明がしやすい	主人公に感情移入がしにくい

＊ただし三人称限定視点ならデメリットも解消しやすい

簡単に言うと、こういうコト！

三人称は視点がブレやすいから**限定視点**で書くのをおすすめ

コツ42

会話文の書き方　その人物を個性的に描くセリフとは

小説にセリフはつきものです。**セリフのおもしろさ＝作品のおもしろさ**、ともいえます。カギかっこの中に登場人物のどんな思いを込めるのか、よく考えて書きましょう。

会話だけを読んでもおもしろい作品に

難しい文章は読みたくない、という読者が増えてきました。小説を読むときも、地の文は飛ばし気味にし、会話を中心に読んでいくタイプの読者もいます。**セリフだけを読んでも物語がわかるように**書けることが理想です。

セリフは登場人物の個性を表す

小説では地の文で登場人物のすべてを説明せず、**セリフの口調で本人らしさを伝える**ほうが印象的です。それも、ちょっとした言葉の使い方が重要なのです。

たとえば、相手を「あなた」と呼ぶのか、「お前」と呼ぶのかで、その人のキャラクターが違ってきますし、話しかける相手との関係性も変わります。語尾もていねい語にするか、くだけた言い方にするかで、**登場人物の性格**が変わります。

「！」「……」などの記号や方言も効果的に使う

文章で声のトーンやセリフの間を文字で表すのは難しいもの。でも、語尾に「！」をつければ驚きや怒りの感情を強く表せます。「……」を使えば戸惑いが表現できます。こうした**記号もうまく使い**ましょう。また、登場人物に大阪弁でしゃべらせればコミカルで気さくな印象に、東北弁を使えばおっとりとした印象になるなど、**方言を使うのも効果的**です。

会話文の違い

同じ内容でも相手の呼び方や語尾、方言などでこんなに違う

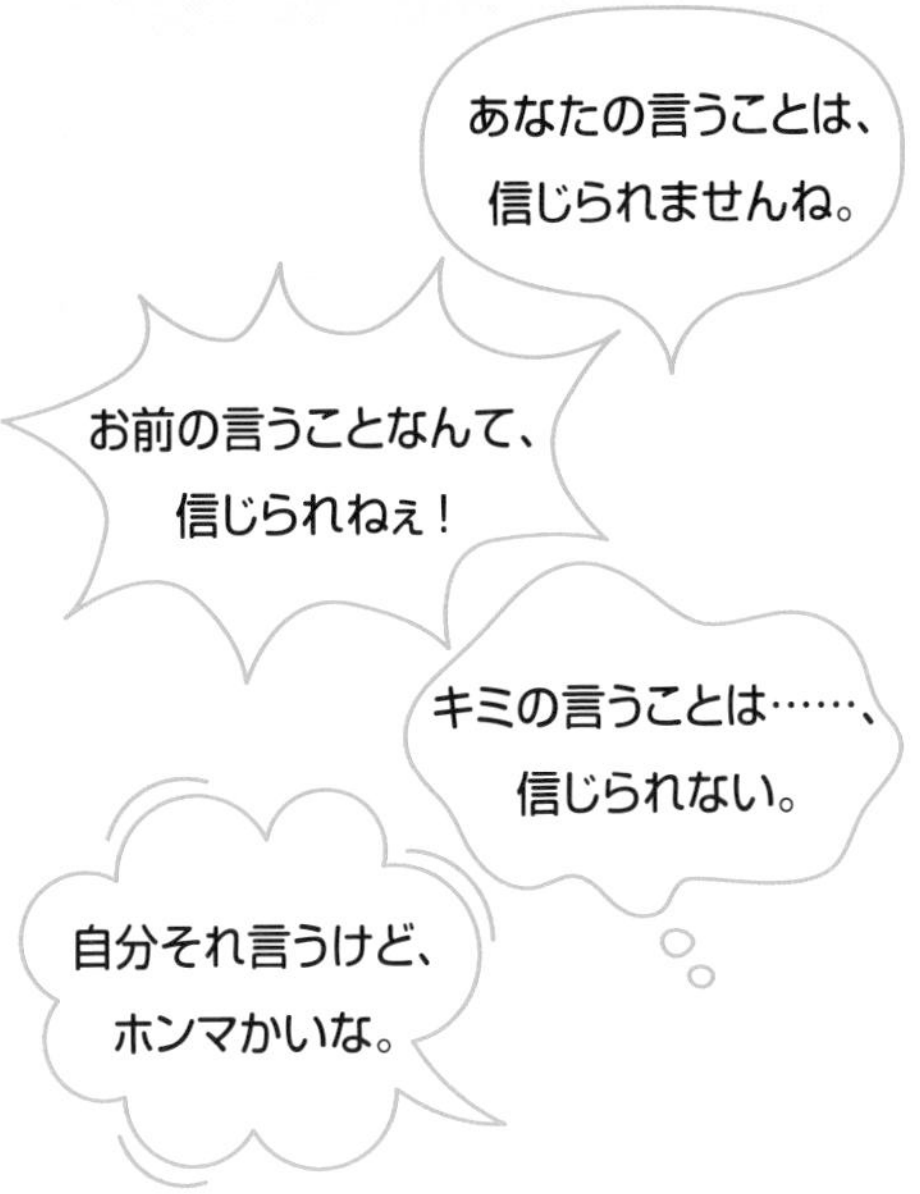
あなたの言うことは、信じられませんね。
お前の言うことなんて、信じられねぇ！
キミの言うことは……、信じられない。
自分それ言うけど、ホンマかいな。

簡単に言うと、こういうコト！

セリフの言い方でその人の性格や年齢、性別も表せるよ

コツ42

セリフは説明的にしないこと！

会話文を多めにするのが昨今の小説の流れ。でも、無理に会話の文量を増やそうとして、**会話の中に説明的な内容も入れてしまうと、とても不自然**です。

> 「おばあちゃんから荷物が届いたんだね。中身は何？」
> と由美は母にたずねた。母は言った。
> 「和歌山のみかんでしょ、あと、おばあちゃんが畑で作った野菜でしょ、それと、ついこの間、いとこの博くんが結婚したじゃない？　そのときのスナップ写真が5枚入っているわ。あと、『由美に』って、刺繍のハンカチでしょ、キーホルダーもあるわ。ずいぶんたくさん入っているわよね、うれしいわね」

なんだか読むのが面倒になりませんか？　いくら会話の文量が多いほうがいいと言っても、説明文章が続くだけではおもしろくありません。**説明は地の文にまとめたい**ものです。

A

> 和歌山の祖母から届いた段ボール箱はずっしりと重かった。
> 「よいしょ」
> と母はテーブルに段ボールをのせて箱を開いた。この時期ならではのみかんがギュッと詰め込まれ、その横には葉物の野菜や根菜が新聞紙にくるまれている。小さな袋に入っている

B
のはいとこの結婚式の写真、そして「孫への贈り物」と手紙に書かなくてもわかる、ハートの刺繍のハンカチと花のモチーフがついたキーホルダー。母と娘は顔を見合わせて笑う。

C
「おばあちゃんらしいね」

会話の量は少なく「うれしい」と言わなくても、母子が祖母を思う気持ちが伝わります。

ポイントはココ

A 「よいしょ」など、**動作を表す言葉**をあえてセリフにすると荷物の重みも**表現**できる

B 説明的なセリフは避け、**地の文で説明**する。

- 物の羅列を避ける
- 「でしょ、でしょ」など同じ言葉を繰り返さない

C 「うれしい」と言わなくても、**にこやかに**セリフをひと言言えば、うれしさは**伝わる**

簡単に言うと、こういうコト！

物の説明などは地の文。セリフは**普段話すような言葉**を使おう

コツ43

会話文と地の文との関係
かぎカッコを際立たせるバランスを考える

セリフと地の文をどう絡ませ、どんな割合にするとカギかっこの会話が効果的に響くでしょうか。さまざまなケースを取り上げて考えてみましょう。

人物描写では「外見」「しぐさ」「セリフ」を連動させる

小説では物語の進行と同時に登場人物の個性を伝え、「この人物だからこんな物語になるのだ」と読者に納得させることが重要です。そして、その**人物描写ではセリフが大切**なのは言うまでもありません。けれど、セリフだけでその人の描写はできません。セリフの前後に置かれる**地の文で、外見やしぐさ描き、セリフと連動**させてこそ**セリフが生きてきます。**

トオルを見て驚いた。２週間前に比べるとグンと引き締まった身体、それでいてふくらはぎの筋肉が目立つ（外見）。バスケットボールを軽くポンポンと叩きながら強いまなざしで俺をまっすぐに見つめて（しぐさ）こう言った。
「今度の試合は、負けねぇぞ」

一人称で書くときの本人のセリフは心の声

　ところで、セリフとはそれを言う人と聞く人との関係があって成り立ちます。では、一人称で小説を書くときのセリフをどうとらえたらいいでしょうか。

人物描写とは
外見
今度の試合は、負けねぇぞ
しぐさ
セリフ
連動させると
鮮やかな人物描写に

簡単に言うと、こういうコト！
人物描写は
その人のセリフ、
外見、しぐさが一体と
なって成功するよ

コツ43

言ってみれば一人称の小説は、地の文自体がセリフのようなものです。わざわざカギかっこでセリフを言わせるとしたら、それは主人公の心の声やつぶやきということになります。あらかじめ**地の文でしぐさを説明しておいてからつぶやきを入れると効果的**です。

> ユキはスマホを手に、何度もＬＩＮＥを開けては閉じる。そしてため息まじりにつぶやいた。（しぐさ）
> 「今日はやっぱり、やめとこう」

しかし、ほかの登場人物との会話であれば、当然ながらカギかっこをつけてふたりで会話をすればよいのです。三人称限定視点（Ｐ100参照）と同様に会話をすすめます。

「と言った」を多用せずに会話をすすめる方法は

会話文のカギかっこの前後には「と●●さんは言った」という言葉を添えることが多いでしょう。しかし、これを連発すると文章が幼く見えます。２人だけの会話なら、カギかっこの文を連ねていくだけでどちらのセリフかわかるのですから、最初に１、２回説明を入れるだけで連発を避けることができます。また、**言葉使いや語尾の変化で違いを表したり、セリフの中で相手の名前を言わせたり**することで、「と●●さんは言った」を使わずにすませることもできます。

刑事は白木の顔を正面から見つめてこう言った。

「ところでな、事件のあった日、あんたは本当に自宅で寝てたんかい？」

白木はしどろもどろになりながら答える。

「えぇ、そうですよ。なんでそんなことを……」

「いやぁさ、事件現場であんたを見かけたっちゅう人がいたもんでな」

「そんな、ひどいな、刑事さんは私を疑っているんですか!?」

自然なセリフが書くのが苦手な人は…

✓ **テレビドラマのセリフ**を参考にする
（恋愛小説なら恋愛ドラマ、サスペンスならサスペンスドラマなど。外国映画の字幕は文字数制限があり、リアルなセリフになっていないので避ける）

✓ カフェや電車の中の**会話に耳をすませて**盗む
（スマホのメモ機能で記録）

✓ 一度セリフを文字で書き、**だれかに見てもらう**
（客観的な意見を聞く）

簡単に言うと、こういうコト！

言葉遣いや語尾の使い方で**セリフがそのキャラらしく**なる

コツ44

ファーストシーンは印象深く目に焼き付くシーンをひねり出そう！

小説の書き出しのシーン、つまりファーストシーンが大切なのは、だれでも理解できるでしょう。読者はここからあなたが書いた小説の世界に入っていくのです。

その小説「らしい」鮮烈な情景を描き出す

最初のシーンは、まず、その**作品らしさを象徴する**もの。これまで読んだ小説や観た映画などを参考にしながら鮮烈なシーンを考えるのもよいでしょう。

ちなみに、村上春樹さんのベストセラー『1Q84』のファーストシーンは、主人公がタクシーの運転手さんに物語の舞台となる世界観を語るところから始まります。そんな不思議な出だし、とても印象的ですね。

また、人気のライトノベル『Re：ゼロから始める異世界生活』のファーストシーンは、主人公が異世界に飛ばされた後、目を覚ますシーンから始まります。

ミステリーなら死体から始める？

殺人ミステリーであれば、死体のアップから始まることも多いです。その死の姿をどう具体的に描くかもしっかり考えねばなりません。全裸死体、目をむいている、天井からぶらさがっている……。物語に沿いながらショッキングな死を演出しましょう。

その死から**どういう時系列で物語をすすめるかも重要**です。順を追って犯人を追及していくのか、すぐに刑事が犯人を訪ねてくるシーンにするのか。左を参考に時系列を考えます。

ミステリーの場合、わざと時系列をずらして物語を進行することがある

A	B
① 殺人が起きた	③ 刑事が犯人を訪ねてくる
② 捜査をする	② 捜査をする
③ 刑事が犯人を訪ねてくる	① 殺人が起きた
④ 犯人が理由を語り始める	④ 犯人が理由を語り始める

A
①②③④の順がスタンダード

B
③からスタート、②→①→④で終わる物語もよくある

簡単に言うと、こういうコト！

時系列どおりでなくてよい。**印象的なシーンを最初に**持ってくる

コツ45

シーンを伝える言葉を磨く　ありのままを説明せず、描写のしかたを工夫する

シーンを説明するときに、どんな言葉を使うのか。それが小説の「質」を決めます。説明に終始せずに「**描写**」することを考えましょう。

その小説らしい場所、雰囲気、人を描写する

小説を書くときには、ストーリーを書き進めると同時に、小説に**登場する人物のキャラクター、その人のいる場所や雰囲気**を伝えていくことが重要になります。場所や雰囲気や人物像が読者に刻み込まれると、物語もしっくりとなじみ、興味を持って読み進められます。

主に「**人物描写**」「**背景描写**」のふたつに分けて意識的に書いて行くといいでしょう。

「カッコイイ」「おしゃれ」の中身を描写する

人物描写では、例えば主人公の性格を表現するときには、どんな言葉を使いますか。「カッコイイ男」「やさしいまなざしの女性」というのでは、薄っぺらな描写です。場所や雰囲気にしても同様です。

「おしゃれなカフェ」と書いただけでは、読者にはどんなカフェか伝わりません。その「おしゃれ」の内容を、**説明ではなくて「描写」で伝える**ことがポイントです。「おしゃれなカフェ」を描写したければ、まずおしゃれなカフェを知らなくてはなりません。**分からないことを想像で書くとリアリティがありません。**まず調べてみましょう。

描写がうまくなるヒント

■**実体験**してみる。「おしゃれと言われるカフェに行ってみる、「カッコイイ」人に会ってみる

■どんな人が「カッコイイ」か、どんなカフェが「おしゃれ」か、周囲の人たちに**聞いてみる**。複数の人に聞いて**自分の考えをまとめる**とよい

■動画や写真、書籍などで**調べる**
＊人に聞いた話やインターネットに出てくる情報などは間違っていることも多いので注意

簡単に言うと、こういうコト！

書きたい描写の中身を**しっかり調べて**平凡にならないように！

コツ46

人物描写
キャラクターの性格や外見を表すもの

物語を生き生きとリアルに見せるためには、登場人物の**人物描写が重要**になります。

人を説明するときは、説明の言葉を使わずに「描写」

「ここで主人公の心情を表現したい」と思ったとき、つい説明調になりがちです。しかし、ベタな表現をしてしまうと、その人らしさが伝わりません。たとえば怒りの表現で、

マサトは怒ってユウタをにらみつけた。

と描写すると、マサトの個性が感じられません。マサトはどんな人なのか。普段からすぐ怒りをあらわにするタイプか、めったに怒らないのか。怒るときに声を上げそうな人か、かえって黙り込む人なのか。その**人物設定に合わせた怒り方を表現**します。

そのとき、「怒る」の言葉を使わずに人物描写してみましょう。読者に「あのマサトが怒ったんだな」と想像してもらうほうが印象深くなるのです。P32の「**登場人物の作り込**

み方」のページも参考にします。たとえば普段寡黙なマサトの怒りの表現をするなら

> マサトは黙り込んだ。下を向いているが、かたく握りしめたこぶしはふるえていた。こちらをにらむまなざしは、いつものマサトとは違い、険しかった。

●「怒っている」ときの描写の例

- 顔を真っ赤にして憤然と立ち上がる
- 不愉快そうに眉をしかめる
- 無言のまま立ち上がり相手をにらむ
- 憎悪に満ちた表情をする
- すごい剣幕で口汚くまくしたてる
- ひとこともしゃべらずその場を立ち去る
- ●●の胸ぐらをつかみ、顔をにらみつけた
- つりあがった目が血走る

簡単に言うと、こういうコト！

登場人物のキャラに合わせて**感情表現**をするコト！

人物描写では内面描写がキーポイントに

人物を描写するときには、**内面描写**と**外面描写**があり、**両方が融合し一致することが重要**です。そして中でも内面描写がキーポイントになります。

前ページのように、登場人物の怒りなど、**心理や感情の動きを表すのが内面描写**です。こうした描写があることで、小説の内容が深まり、本人のセリフも生きてきます。

そのときに、心理や感情には、その人の**しぐさや動きが連動**します。怒るときにこぶしを握るのもその例です。大笑いするときには天を仰ぐ、くすっとわらうときには下を向くなど。そうした動きと感情、そしてその人の見た目などもすべて一致していると、人物描写としてうまくいきます。

人物描写には外面描写も欠かせない

外面も、登場人物のひととなりを伝える大事な情報です。どんなヘアスタイルか、メガネをかけているかどうか、どんなファッションか。あまり細かく描写する必要はありませんが、**書き手のイメージはかためておいたほうがいい**でしょう。

例えば都会的なイメージの男性なら、スリムでファッショナブルな人を想定してみます。しぐさ、持ち物、住まい、友人関係、家族関係などもある程度決めてキャラクター設定をしましょう。**内面と外面を一致させることがポイント**です。

普段スーツを着ている人なのに服装が乱れているシーンを書いたら、「こんなに普段きちんとしている人が汚れたシャツを着ているのだから、内面的にも変化があったに違いない」と**読者が小説の展開を理解するのに役立ちます。**

特に**主人公の人物描写はていねいに表現**しましょう。そのためには、作者のあなたが主人公の親友になること。要領が悪くて損するタイプでもけんかっ早くて問題を起こす人でも、「ホントはいいヤツなんだ」と思いながら描写すると、読者に魅力を伝えることができます。

主人公の内面に合わせて外面を描いてみるといい

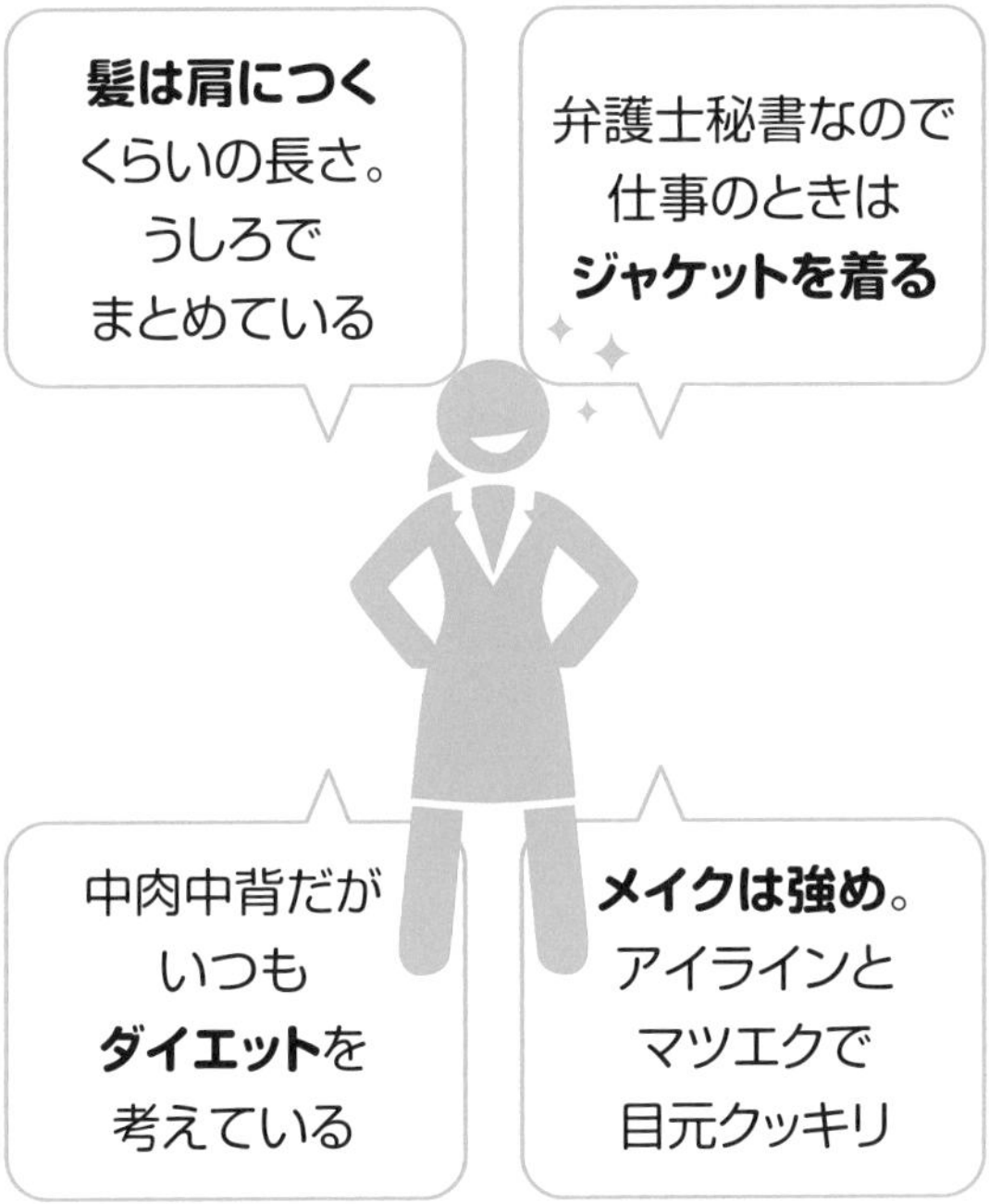
髪は肩につくくらいの長さ。うしろでまとめている
弁護士秘書なので仕事のときは**ジャケットを着る**
中肉中背だがいつも**ダイエット**を考えている
メイクは強め。アイラインとマツエクで目元クッキリ

簡単に言うと、こういうコト！

主人公の**内面も外面も含めて**「いいヤツ」と思って人物描写しよう

コツ47

背景描写
適切な場面設定が小説世界を広げる

小説の要素に必要なのは、登場人物だけではありません。その**場面設定と背景描写が小説の世界観をつくってくれます。**

街並みや自然、天候の背景描写は小説の世界観を伝える

登場人物が行動する場としての街、家、そしてそれらを取り巻く自然などは、小説の世界観に大きく影響します。

主人公が17歳の男子高校生だとしたら、高校の建物やその生徒の教室、自宅のマンションの建物やリビング、自室、そして通学途中の風景などが、背景描写として必要になります。その背景描写は人物描写とリンクしてその人らしさをつくっていきますし、もっと大きな**小説全体の雰囲気、世界観のようなものをつくってくれます。**

その主人公に似合う背景を設定しましょう。高校の建物は古い木造なのか新しい5階建てなのか、家は団地なのか一軒家なのかによっても、人物描写に大きく影響します。

風景の色、温度、音、ニオイも伝えよう

背景描写をするときは見た目だけでなく、その背景の持つ色や温度、音、ニオイも感じさせることがポイントです。高校の教室のざわめき、部室の汗臭さや西日の暑さ、通学路の川辺の夕景の広がりや夕焼けの赤い色、そして家にたどり着く前に家から漂ってくる夕食のニオイ……。**読者の五感に訴えるような書き方をする**とリアリティがグンと増します。

「五感」に訴えるものの例

視覚 
夕焼けの色、
好きな女性の顔立ち、
富士山の雄大さ

聴覚 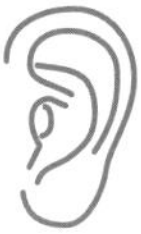
吹奏楽部の合奏の音、
工事現場の音、
自動車のブレーキ音

味覚 
コーヒーの苦さ、
レモンの酸っぱさ、
カレーの辛さ

嗅覚 
汗のニオイ、花の香り、
女性の髪の香り

触覚 
愛犬の毛並みのよさ、
赤ちゃんの肌のやわらかさ

簡単に言うと、こういうコト！

背景描写で風景の
ニオイや音も
表現してみよう！

コツ47

風景描写には人物描写も盛り込める

風景描写は、登場人物の雰囲気や気持ちに合致しているかどうかが肝心です。特に主人公の家や通学している学校や勤務先、通学路などは、主人公の人物描写にそのまま影響するので、主人公のキャラクターを考えながら設定します。

たとえば学校に不満を持つ高校生の自室の風景。教科書は見当たらず、コミックが折り重なり、ゲーム機とコードが散乱……、そんな感じが合いそうです。

学年の成績トップ10の女子学生の部屋はきちんと整えられ、ベッドにはブルーのカバーがきちんとかかっていて、書棚には大学受験の赤本や参考書がズラリと並ぶ……。いや逆に、学校では優等生だけれど別の面を持っていて、自室のクロゼットにはコスプレの衣装がズラリ……。そのギャップに読者はハッとさせられ、小説にのめり込むかもしれません。

つまり、**風景描写は人物を色濃く描く、描写**でもあるのです。

たびたび登場する風景や背景には、登場ごとのブレがないように気をつけています。主人公が住む家のリビングで食事をするときには、どの椅子に座るか決まっているはずです。その位置が右側だったり左側だったりまちまちだと読者は「あれ?」と気づき、しらけます。

時代背景や事実関係に間違いがないかチェック

歴史小説や刑事ものなどを書くときには、特に**事実関係に間違いがないか、しっかりと**

調べてから書きましょう。歴史小説を読む読者は歴史に詳しい人が多いので、間違っているとすぐに気づき、興味を失います。

犯罪小説は**法律が関係する内容が多い**ので、これもしっかり調べること。かつては、殺人犯が時効になるまで逃げ回る小説がありましたが、刑法及び刑事訴訟法の一部の改正により、殺人事件の時効は2010年4月に廃止されています。つまり、殺人犯が時効を待つ小説はもう書けなくなりました。

●同じ風景でも人物の心境によって見え方が変わる例

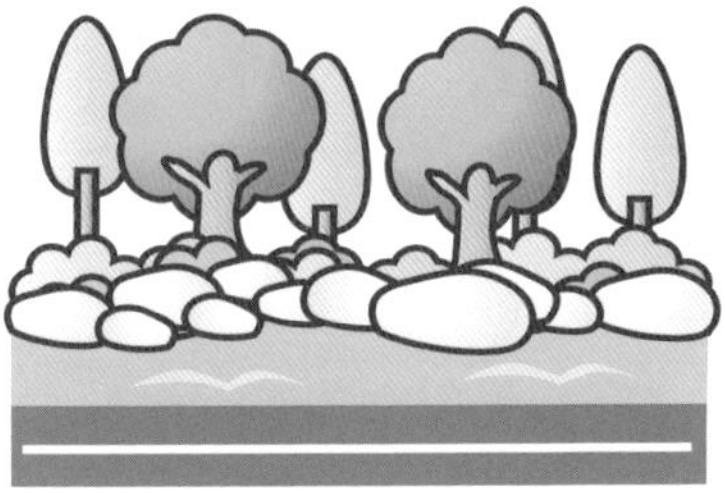

人物の状況 ＞ **受験前の不安な時**

いつも彼女と歩いた道を今日はひとりでトボトボと歩く。風がいつもより冷たく感じる。

人物の状況 ＞ **大学受験に合格した**

いつもの川辺の風景も今日は**輝いて見える**。今日この道を踏みしめていることさえ**忘れたくない時間**に思える。

簡単に言うと、こういうコト！

背景描写は**人物描写につながる**んだ

コツ48

比喩を上手に使う①　直喩《ちょくゆ》法と隠喩《いんゆ》法を知る

比喩とは、その物事を別の物事にたとえて表現する文章術のことです。日常的にもよく使う手法ですが、小説に用いるときは、個性豊かな表現によって登場人物や背景をいきいきと伝えるために用います。

直喩法とは「～のように」などわかりやすくするために使う

比喩の手法にはいくつか種類があり、「**直喩法**」が一番なじみがあるでしょう。**何かのものなどにたとえ、**「～のように」「～みたいに」という言い回しで使うことが多いです。

> 太陽のような微笑み（明るく力強くきらめいているさまを表す）。
> おじいさんはまるで枯れ枝みたいにやせていた（元気がなく乾燥してやせている様子）。

「明るい微笑み」「ひ弱にやせていた」と表現するより、鮮明にわかりやすくなっています。

隠喩法とは「〜のように」などを使わず表現する

隠喩法は「〜のように」などを使わず、「●●は▲▲だ」というような形で、一見意外なたとえですが、しだいに「なるほど、そういうことか」と思わせます。

> 人生は回転木馬（人生は勝ち負けではなく、巡る景色を見ながら生きていくもの）。
> 彼を見たとき、彼女の体に電流が走った（強い衝撃を受けた、強く惹かれた）。

直喩法と隠喩法

直喩法

「〜のように」
「〜みたいに」
「〜のごとく」
「〜に似て」

＊たとえることによって具体的にわかりやすくする

隠喩法

×「〜のように」
×「〜みたいに」
×「〜のごとく」
×「〜に似て」
を使わない

＊比喩の要素を隠して表現し、印象を強くする

簡単に言うと、こういうコト！

比喩とは物事を何かたとえることで印象深くするコト

コツ49

比喩《ひゆ》を上手に使う②
擬人法を知る、作家の使い方を知る

直喩法と隠喩法以外にも比喩のしかたはあります。

擬人法は物事を人にたとえること

擬人法は、文字通りものを人にたとえることです。

空が泣く（雨が降っている）。
風がささやく（風が静かに小さく吹いている）。

ユニークな比喩をたくさん使うことで有名なのが村上春樹さんです。

僕はしらばくのあいだ、しなびた野菜みたいに無感覚だった。暗い戸棚の奥に長いあいだ置き忘れられていた野菜みたいに。（『レキシントンの幽霊』より。次の一文も同様）

でも死んではいなかった。彼は地中に埋められた石みたいに深く眠っていただけだ。

吉本ばななさんの比喩は、甘くせつない雰囲気です。

飴玉のように思い出を何回も味わって何とかしてきた日々が、全部終わっちゃったよ、と思ったのだ。（『デッドエンドの思い出』より）

俳句の比喩を学ぶ

短い言葉の中で鮮やかな光景を表すために比喩が使われています。

『春の町　帯のごとくに　坂を垂れ』　富安風生

『涼風の　曲がりくねって　きたりけり』　小林一茶

『葡萄食ふ　一語一語の　如くにて』　中村草田男

『金剛の　露ひとつぶや　石の上』　川端茅舎

簡単に言うと、こういうコト！

比喩表現を研究して**個性的な文章表現**を目指そう

コツ50

比喩を上手に使う③ 唯一無二の文章表現に仕上げるために

ありきたりの比喩ではたとえた意味もありません。唯一無二の比喩を考えましょう。

オリジナルな比喩を考える

「川の流れのように」「花のように」などという表現は使い古されています。読む人をハッとさせる**オリジナリティあれる比喩を目指し**ましょう。ただ、書き手の自己満足のような変わった比喩では、読者が頭の中で鮮やかに想像して楽しむことができません。オリジナルでいて「わかる」、その頃合いが重要です。やはり村上春樹さんの比喩を参考に。

> ロビーは見捨てられた町のようにがらんとしていた。ロビーの空気は必要以上に暖かく湿っていて、そこには奇妙に鬱屈した匂いが混じっていた。それはひとびとの靴の底についてホテルの中に運び込まれ、そして心ならずも暖炉の前でぐずぐずと溶けてしまった雪の匂いだった。(『氷男』より)

日頃からストックしておく

小説を書いている間に、「さあ、比喩をここで使おう」と思ってもすぐに思い浮かぶものでもありません。**日頃から思いついたらメモしておく**など、ストックするといいでしょう。

比喩は物語がすすむ中に、**スパイスのように使うべきもの**です。乱発されているとうるさく感じます。「ここぞ!」というときに使いましょう。

●比喩を考えるレッスン

たとえたい物のカタチを観察して**擬人化**

→その鳥はまるで貴婦人のようだった

気分を**物にたとえて**みる

→ざらついた髪、苦い薬を飲み込む　など

インターネットで**類義語**を探して参考に

→涼やか、爽涼、冷ややか、クール

簡単に言うと、こういうコト!

上手な比喩を参考にして**オリジナルな比喩**をきわめよう

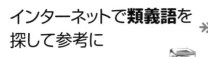

column

「オノマトペ」「外来語」は乱発せず効果的に使う

比喩と似ているものとして、**擬音語**（ガチャン、バタバタなど）や**擬声語**（ブーブー、キャーキャーなど）、**擬態語**（ウロウロ、キラキラなど）があります。これらをまとめて「**オノマトペ**」といいます。オノマトペも、小説の個性を際立たせ鮮やかにする効果があります。

また、状態を正確に伝える役割もします。雨が静かに少し降っているときは**シトシト**、大雨のときは**ザーザー**、ですね。ただ、比喩と同様、使いすぎないこと、使い古されたものを安易に使わないことが大切です。たとえばこのような使い方なら推奨できそうです。

彼はもう私の言うことを聞く気はなかった。顔はこっちを向いているけれど、心に**ガラガラ**とシャッターを下ろしていた。

また、**カタカナの外来語**をどう扱うかも注意したいところです。ガラス、ビールなど古くから日本語のように使われてきているものはよいのですが、レジュメ、コンセプトなどの言葉はともするとビジネス書のようになってしまいます。**連発せず、必要だと思ったときだけ使う**ようにしましょう。

5章

小説が完成したら

推敲《すいこう》しよう 書き終わったら読み返し、整える

小説を書き終わるとホッとします。が、それで「おしまい」ではありません。

推敲と校正の違い

推敲とは、文章をつくるときに**最適な字句や表現を何度も考え、いっそうよいものにすること**。とにかくしっかりと読み直しをし、必要な部分を修正します。

推敲には大きく分けてふたつあり、ひとつは誤字脱字などの明らかな間違いなどを修正すること。この作業は本人だけでなく、他人でもできます。こうした**客観的な見直しは「校正」**の範疇です。一方、**内容をよくしていく作業を主に「推敲」**とさす場合が多いです。

脱稿後、すぐ推敲せず1週間は寝かせる

作品を書き終わったときは、少し興奮気味です。「やったー」「できた！」「いい作品になった」と自分を褒めているかもしれません。そういうときに推敲をしようと思っても冷静になれません。

推敲は心を落ち着けて、自分の作品を読者の目でチェックすることが大事です。ですから、**脱稿直後ではなく、少なくとも一週間くらいは間をあけ**ましょう。

できれば途中でも推敲する、2～3回見直す

推敲は最後にするものと思いがちですが、本来は章ごとにしていく方がよいでしょう。また、一度でなく、何度か手直ししたほうが精度の高い作品になりそうです。

推敲に必要な視点

- ✓ 書き出しの**インパクト**はあるか
- ✓ 全体が**読みやすい文章**になっているか
- ✓ **意味**はちゃんと通じるか
- ✓ **時系列**がおかしくなっていないか
- ✓ 読者を**ハッとさせる場面**はあるか
- ✓ **読後感**が悪くないか

簡単に言うと、こういうコト！

書き終わって終わりではなく、何度も作品を**見直して修正**して！

チェックの項目
校正と推敲のポイントを把握しよう

漠然と「推敲」「校正」しようと思ってもうまくいきません。チェックポイントを念頭に置いて作品の見直しをします。以下の例を参考に、**文章をすみずみまで見直し**ましょう。

文字の間違いや不統一をただして書き直す

- パソコンの打ち間違え、変換ミスの修正。
- 文字の不統一……1，2，3，4を一、二、三、四、「作る」「造る」など。
- 文頭の一文字あけができていなかった場合。
- 句読点がただしく打たれていなかった場合。
- 名称や事実の明らかな間違い（インターネットなどで調べて修正）。

文章のリズムを整える

- 「しかし」「でも」が多すぎ、前の文を否定してばかりいる場合は書き換えます。
- 指示語「あれ」「そっち」「こちら」などが多すぎるのを正します。

●同じ言葉が繰り返されていたら別の言葉に置き換えます。

●文字がぎっしりでよみにくければ、改行を増やし無駄な内容を削除します。

内容のゆれを正す

●主人公の言動が場面によって別人のようになっていたら統一します。

●季節や場所、数などが現状に合っていなければ訂正します。

●ミステリーの謎解きが不自然ではないか、謎が早めにわかってしまわないか確認。

校正の事例

重複は除く
悠人は~~は~~午後になっても

「起きて」パソコン打ち間違え
捉こなかった。

「悠人」が正しい
悠斗はあくびをした。

なくても文章が成り立つので不要
~~しかし、~~

「太陽は」が主語なのに歯を磨く主体は悠人
太陽は東の空に輝き、歯を

「悠人は歯を磨いた」
磨いた。

簡単に言うと、こういうコト！

文章の**つじつまが合わない**ところを自分で探して正していこう

チェックの方法
自分で確認する、他人やアプリを頼る

自分で冷静に確認する

原稿のチェックは客観的になれる時と環境、感情のときに行います。脱稿してから時間を置くほか、たっぷり眠った朝に行う、静かな環境で行う、気持ちが安定しているときに行うなど、**自分をコントロールしながらチェック**していきます。

声に出して読んでみる

黙読だけでは文の調子がわかりません。声に出すことで本当に文章がスムーズに読めるのかがわかります。**文字の間違い**なども黙読より**音読のほうがたくさんみつかります。**

信頼できる人に読んでもらう

日頃から小説をよく読んでいる人、小説を実際に書いている人などに読んでもらい、特に内容のゆれがないかどうかチェックしてもらうとよいでしょう。**他人の目を通す**と、自分では見えていなかったことを発見するチャンスが大きくなります。

アプリを利用する

文章を推敲するアプリは複数あります。インターネットなどで探して利用してみるとよいでしょう。漢字とひらがなのバランス、改行のバランスを評価するものもあります。また、**Ｗｏｒｄにも文章校正の機能があり**ます。

●Wordの校閲機能

✓ Wordで文章をつくる場合、上部の「**校閲**」のタブをクリック→「**スペルチェックと文章校正**」をクリック、見直しが必要かもしれないと思う文章をコピーすると校正できる

✓ 「**変更履歴の記録**」をクリックしてから校正すると、直したところを記録ができる。削ったり加筆したりした部分を全部きれいにしたいときは「**承諾**」のタブをクリックし、「**すべての変更を反映**」にする

簡単に言うと、こういうコト！

推敲は自分でするほか
他人の目を通したり
アプリを利用するも◎

小説投稿サイトに上げる作品を発表する、お金も得られるかも!?

かつては、小説を書いても、発表しようと思っても、仲間うちで冊子をつくって掲載するか、小説家と認められて、出版社から本を出す、という方法しかありませんでした。しかし、今はインターネットやSNSがあります。中でも**小説投稿サイト**が注目を浴びています。

小説投稿サイトはたくさんある!

自分のブログやSNSで作品を何回かに分けて掲載するのもよいですが、もっと広く、小説好きの人たちに読んでもらいたい！　と思うのであれば、小説投稿サイトを利用するとよいでしょう。

小説投稿サイトは、想像以上に数多くあります。それぞれに特徴があり、有料のものもあれば無料で投稿できるものもあります。ライトノベル中心のもの、ミステリーに強いものなど作品傾向がある程度はっきりしているサイトもあるので、**特徴を知った上でどの投稿サイトを使うか決める**とよいでしょう。数千字の短い単位で少しずつ投稿でき、ここでの評判がよければ小説新人賞に応募してみる、というように、試金石のように使うこともできます。

小説で収益を得ることもできる！

小説投稿サイトでは、**投稿した小説で収益を得るチャンス**もあります。左のような収益タイプがあります。インターネットなどで調べてみましょう。

「アルファポリス」「ノベルアップ＋」カドカワによる「カクヨム」など多数あります。また、「ｎｏｔｅ」はエッセイやレポートのようなものも掲載可能です。これらのサイトは小説を出版する出版社の編集者もよく見ているので、出版デビューのチャンスも期待できます。

収益を受け取る仕組み

✓ 広告収入型

閲覧数に応じてサイト側から広告収入を受け取る

✓ 投げ銭型

作品をいいと思った読者が課金する

✓ コンテンツ販売型

自分でコンテンツをつくり自分で料金設定をして販売をする

＊収益の受け取り方はサイトにより、独自のコイン、一般のギフト券、現金などさまざま

簡単に言うと、こういうコト！

小説投稿サイトを利用すれば広く読まれ、収益を得るチャンスもゲット可?!

小説新人賞に応募する
小説家としてデビューする道を拓く

小説家として世に認められたい、出版社から本を出したい！ と思うなら、各種ある**小説新人賞に応募**しましょう。グランプリを取れば、デビューが間近になります。

懸賞金や出版の権利などが得られるものも多数

応募できる新人賞は実に大小いろいろあります。伝統ある出版社が公募する有名な新人賞、自治体や民間企業や団体が募集する小規模なもの、「400字詰め原稿用紙500枚まで」という長編を期待するものもあれば「書き出しの40字のみ」などというものもあります。

賞金や権利もいろいろです。アマゾンギフト券1万円、というものもあれば300万円というものも。グランプリをとればその作品が出版される、という賞もあります。インターネットでそれぞれの特徴を調べてみましょう。

自分の作風に合う賞を選んで応募すること！

自分の書くものがライトノベルなのに純文学の新人賞に応募しても選抜される確率は低いでしょう。またミステリー、ホラーと、自分の書くジャンルが決まっている人は、そのジャンルの新人賞もあります。**自分の作風に合う新人賞を選ぶのがマスト。**また、その賞で以前グランプリをとった作品がわかれば、読んでおくと参考になります。

まずは選考に残ることを目指す。何度も応募しよう

いきなりグランプリを目指して挫折するより、まずは目当ての新人賞で一次選考に残ることを目指しましょう。たとえ落選しても、**何度も応募すると力がついて**きます。

●新人賞の例

■純文学
文藝賞
文學界新人賞
新潮新人賞
すばる文学賞
群像文学新人賞

■エンタテイメント全般
小説すばる新人賞
小説現代長編新人賞
オール讀物新人賞

■ミステリー
江戸川乱歩賞
小説推理新人賞

■ホラー
日本ホラー小説大賞

■ライトノベル
電撃小説新人賞
講談社ラノベ文庫新人賞
集英社ライトノベル新人賞

＊まだまだたくさんある！

各新人賞

応募の体裁をととのえる それぞれの新人賞にふさわしい形に

小説新人賞に応募するなら、できれば第一次選考は通過したいもの。どうしたら選んでもらえるのでしょうか。ヒントをお伝えします。

応募要項に沿って応募すること!

各賞にはそれぞれの応募のしかたがあります。作品の文字量(400字詰め原稿用紙で換算する場合が多い)、一枚あたりの文字数指定そのほか、**決められたフォームどおりに応募**しましょう。大きく違っていれば受け付けない場合もあります。

パソコンで書いて、応募の前に一度数枚をプリントアウト

作品は**パソコンを使って書き**ましょう。推敲で削除したり加筆したりするのも簡単です。手書きでもよい、という条件のところもありますが、そのときは抵抗なくスラスラと読めるようなていねいで美しい字で書きましょう。

パソコンで書いたら、応募の前に数枚プリントアウトすることをおすすめします。前後

左右の余白、行ごとの行間隔のバランスを確かめます。

梗概（あらすじ）を魅力的に書くことが大事

梗概をつけることがマストな場合、審査員はこの**梗概で内容を把握してから本文を読み**ます。梗概がおもしろくなければ、親身になって読んでくれないかもしれません。指定された字数を上回らないようにしながらわかりやすくワクワクする内容に仕上げましょう。

梗概の書き方のヒント

一人称の小説でも
梗概は三人称にする

最初の1文は読者を
引きつける文章にする

その後は**時系列**に
物語を書いて行く

制限文字数を
多少オーバーしてもいいが、
オーバーしすぎると減点対象に

ネタバレしてもかまわない

簡単に言うと、こういうコト！

まずは**梗概《こうがい》**で
おもしろそう～
と思って
もらえるように！

監修・田中哲弥

小説家／1963年神戸生まれ。関西学院大学卒。大学在学中の1984年星新一ショートショートコンテスト優秀賞を受賞。放送作家、コピーライターを経て1993年『大久保町の決闘』で長篇デビュー。
近著は『鈴狐騒動変化城』『オイモはときどきいなくなる』など。訳書にL・スプレイグ・ディ・キャンプ『悪魔の国からこっちに丁稚』がある。

スタッフ

制作／イデア・ビレッジ(小磯紀子)
編集協力／三輪泉・田中敦子(編集工房リテラ)・山本知恵
図版編集／みどりみず
本文デザイン・DTP・図版制作／小谷田一美

中高生のための 小説のつくりかた
創作に役立つ実践知識とヒント

2024年 5月15日 第1版・第1刷発行
2024年 8月20日 第1版・第2刷発行

監修者 田中 哲弥 (たなか てつや)
発行者 株式会社メイツユニバーサルコンテンツ
代表者 大羽 孝志
〒102-0093東京都千代田区平河町一丁目1-8
印 刷 株式会社厚徳社

◎『メイツ出版』は当社の商標です。

ご意見・ご感想はホームページから承っております
ウェブサイト https://www.mates-publishing.co.jp/

企画担当：堀明研斗